Lübbert R. Haneborger

Noodlandt in 't Paradies

Lüttje Vertellsels up Platt
ut dat Oostfreesland van vandaag

Plattdeutsche Kurzgeschichten von heute –
Reihe Literatur

edition **Küsten Kompass**
#Geschichte(n) zwischen Land & Meer

Über dieses Buch

In 14 pointierten Kurzgeschichten erzählt dieser Band von liebenswerten Menschen und Landschaften an der ostfriesischen Nordseeküste. Anders als oft behauptet, sind die Küstenbewohner gar nicht so einfältig oder einsilbig, wie es das Klischee gerne möchte. Vielmehr begegnen hier Zeitgenossen, die auf norddeutsche Art mit den Herausforderungen der Gegenwart umgehen.

Egal, ob der Hüter der Vogelschutzinsel plötzlich Besuch von einer Gestrandeten erhält, ob ein junger Erbe die kleine Landbäckerei seines Großvaters übernehmen soll oder eine junge Autistin die Augen eines anderen Fahrgastes nicht vergessen kann.

Mal komödiantisch, mal nachdenklich oder in der Form eines Kurzkrimis: Erst durch die plattdeutsche Sprache gewinnen diese kleinen Erzählstücke eine ganz eigene poetische Kraft.

Lübbert R. Haneborger

Noodlandt in 't Paradies

Lüttje Vertellsels up Platt
ut dat Oostfreesland van vandaag

Plattdeutsche Kurzgeschichten
aus dem Ostfriesland von heute

Widmung

In dankbarer Erinnerung an den großen Norder Journalisten und Multiplikator Johann Haddinga (* 1934 – † 2021), der sich den ernsten Seiten des Lebens als gewissenhafter Chronist (und damit als Gedächtnis und Gewissen) seiner Stadt und seiner Region verschrieb. Der, als Liebhaber der plattdeutschen Sprache, aber auch seiner heiteren Seite wiederholt Ausdruck verlieh, nicht nur in den vier „Büchern vom ostfriesischen Humor", die er mit dem Leeraner Verleger Theo(dor) Schuster herausgab. Es war mir immer eine Freude, mit ihm zusammenzutreffen und einige Jahre gemeinsam am „Ostfreeslandkalender" zu arbeiten und über die Medien- und Kulturlandschaft zu fachsimpeln.

❧ Inhalt ❧

> Das ostfriesische Platt hat einen besonderen *Charakter,* geprägt von Landschaft, Menschen und der Zeit.

Kabinettstücke
von liebenswerten
Küstenmenschen

Erst kurz vor meinem 42. Geburstag schrieb ich zum ersten Mal ganz bewusst in meiner Muttersprache Plattdeutsch. Es war im September 2012. Ich plante einen humoresken Kurzkrimi für eine zwei Tage später stattfindende Lesung im Seilerei-Museum in Oldersum – und ebendort sollte die kleine Groteske auch spielen.

Zwei Mitarbeiter der Oldersumer Schiffswerft, die es selbst nicht so genau mit dem Gesetz nehmen – so meine Idee –, sollten in dem Schelmenstück früh morgens einen toten Fotografen neben dem örtlichen Burgmodell auffinden. Als sie darüber im Text zum ersten Mal Worte verlieren, erschien mir das Hochdeutsche unpassend und geradezu absurd. So würden sich zwei bodenständige Werftarbeiter um die 55 oder 60 doch nie unterhalten.

Es war wie ein mittlerer (innerer) Deichbruch, als die ersten Worte über meinen Computer-Bildschirm flimmerten, kontinuierlich von der Rechtschreibprüfung mit einer roten Wellenlinie unterstrichen und als *falsch* ausgewiesen. Aber plötzlich entstand da vor meinen Augen im wahrsten Sinne des Wortes ein *urostfriesischer* Krimi – und das fühlte sich gut und *richtig* an. Zugleich konnten sich die Protagonisten nun ganz ursprünglich ausdrücken und die ganze Sinnesvielfalt und all die Sinn(es)ebenen des Plattdeutschen aufrufen, die ich als Muttersprachler seit meiner Kindheit erfahren hatte.

Dass ich mit den kernigen Worten und flotten Sprüchen mein Publikum erreichte, stellte sich dann spätestens bei besagter Lesung heraus, die ein großer Erfolg war und zugleich die Geburtsstunde der „Echten Oldersumer – Joke & Harm". [1] Die Lesungen wurden jedes Jahr im September fortgesetzt, und das Publikum verlangte nach vielen neuen Geschichten.

---

[1] Der erste Kurzkrimi erschien 2015 unter dem Titel „Der ungebetene Zaungast" in dem Band „Echte Oldersumer. Die diebischen Werftarbeiter Joke & Harm ermitteln. Sechs Kriminalgrotesken aus Ostfriesland" bei Books on Demand und trägt die ISBN 978-3-734-77892-6. Der Nachfolgeband enthält die beim Publikum beliebte Joke & Harm-Geschichte „De Wulf unner d' Schaappelz". Die Story ist am Ende dieses Bandes als „Bigaav" abgedruckt. Beachten Sie dazu auch die entsprechende Buchanzeige, die der Geschichte vorangeht, auf Seite 99.

Aber auch bei meiner täglichen Arbeit in der Redaktion des „Ostfriesland Magazins" im Norder Verlagshaus SKN hatte ich bis zum Sommer 2014 fast täglich mit dem Plattdeutschen zu tun, entdeckte aber doch erst nach und nach die poetische Kraft der Sprache, abseits von Döntjes, Ostfriesenwitzen und dergleichen mehr.

Als ich ab 2013 vier Jahre in Folge die Ehre hatte, das grüne Jahrbuch der Ostfriesen, den „Ostfreeslandkalender", zusammenzustellen, stand ich mehr denn je in Verbindung mit dem Ostfriesischen Autorenkreis, dem ich bereits 2008, als einer meiner ersten Beiträge, ein Porträt im „Ostfriesland Magazin" gewidmet hatte. [2]

So begegnete mir in einigen Gedichten und Prosatexten eine Schönheit der Sprache, die ich bei dem relativ kleinen Wortschatz des Plattdeutschen kaum für möglich gehalten hatte. Auch in den plattdeutschen Hörspielangeboten des NDR und bei Autoren wie Jochen Schimmang entdeckte ich diese besondere norddeutsche *Art* und *Atmosphäre*, die mir zunehmend gefiel.

---

[2] Gemeint ist der Magazin-Beitrag: „Botschafter im Zweisprachenland". Über 25 Jahre Arbeitskreis Ostfriesischer Autorinnen und Autoren. In: „Ostfriesland Magazin", Heft 06/2008, S. 22-26.

Fraglos besitzt das ostfriesische Platt einen besonderen Klang und einen eigenständigen Charakter. Und wie die meisten Sprachen ist es geprägt von Landschaft und Klima, von den Menschen und ihren Beziehungen und generell von der Zeit. Auch das Plattdeutsche ist also keineswegs ein Kontinuum. Nur zu deutlich sind die Einflüsse der Nachbarsprache Niederländisch und der Handelssprache Englisch.

Aber kaum eine Phase hat die stolzen und für Jahrhunderte unabhängigen Ostfriesen offenbar mehr beeindruckt, als die napoleonische Besatzungszeit von 1806 bis 1813. Noch heute sind zum Beispiel die Wörter „Schandarm" und „Malöör" (franz. „Gendarm" und „Malheur") im ostfriesischen Platt geradezu alternativlos, wenn man von einem Polizisten oder von Mißgeschicken oder Unglücken sprechen will. Andere Begriffe wurden kurioserweise auch mißverstanden, wie das Wort „trankiel" verdeutlicht. Bedeutet das französische Adjektiv „tranquille" in erster Linie „ruhig", so schließt das ostfriesische Lehnwort außerdem und viel häufiger „kühn" und „mutig" ein.

Aber ich will mich hier nicht in sprachgeschichtlichen Details verlieren. Vielmehr glaube ich mit der Zeit erkannt zu haben, dass der ganze Reichtum dieser oft kargen Küstensprache in ihren idiomatischen Redewendungen, den oft in Kurzformeln verpackten Lebensweisheiten und prägnanten Sprachbildern steckt, die man nur schwerlich übersetzen kann.[3] Sie enthalten die ganze Kultur und Lebensart, aber mehr noch die Lebensphilosophie und -erfahrung der Ostfriesinnen und Ostfriesen.

Die Küstenbewohner sind – Ausnahmen bestätigen auch hier die Regel – ein rechtschaffenes, ein bodenständiges und meist bescheidenes Völkchen. Sie machen nicht viele Worte, packen eher an, als das sie theoretisieren, wehren sich aber von Alters her gegen Obrigkeit und Ungerechtigkeit. Hinzu kommt eine ordentliche Prise Humor, die oft leise, manchmal aber auch krachend hervortritt.

---

[3] Ich meine Weisheiten wie: „Doon deit lehren" (etwa: Übung macht den Meister), „Anhollen deit kriegen" (Beharrlichkeit führt zum Erfolg – auch bei der Partnerwahl) oder „Man mutt de Schaa to Profit reken" (Durch Schaden wird man klug). Bildhaft sind Ausdrücke wie: „Daar sitt Schiet!" (etwa: Da haben wir den Salat), „Daarför is he/se ok 'n Pund to licht!" (Das schafft er/sie (auch finanziell) nicht) oder „He geiht tokeln as 'n Ketthund!" (Er flippt aus). Es ist ein Geschenk, dass der Verein Oostfreeske Taal und die Ostfriesische Landschaft mit dem Wörterbuch von Otto Buurman viele dieser, oft schon vergessenen Aussprüche, ins digitale Zeitalter gerettet und der Allgemeinheit zugänglich gemacht haben. Siehe: https://www.oostfreeske-taal.de/buurman/

Und dann gibt es da noch die Partikeln, die kleinen Interjektionen oder Empfindungswörter, wie „Hm", „Nö" oder „Ne(e)", „Jo" und besonders das „Ho", mit denen die Ostfriesen je nach Stimmlage und Dehnung fast alles ausdrücken können: Fragen, Appelle, Erstaunen, Zustimmung, Ablehnung und vieles mehr. „Der Rest w[i]rd ausgeschmückt", wie Lennart Adam so treffend in einem Beitrag für „Die Welt" bemerkte.[4]

Von alledem möchte ich in den folgenden Kurzgeschichten erzählen, auch wenn die Sprache hier nicht das Thema ist. Vielmehr ist es deren poetische Kraft, die alles umschließt. Deshalb danke ich ganz herzlich meiner Lektorin Inge Straatmann, die nicht nur meine teils mäßige plattdeutsche Rechtschreibung im Blick behielt, sondern auch so manche sprachliche Eigenheit.

Zur Sprache passt die Kürze der Texte. Egal, ob sie direkt für das „Ostfriesland Magazin" oder angeregt vom NDR-Schreibwettbewerb „Vertell doch mal" geschrieben wurden, stellen zwei Manuskriptseiten im DIN A 4-Format für mich ein

---

[4] Vergl. den lesenswerten Artikel: „Was Ostfriesen mit Buckelwalen gemein haben" von Lennart Adam, in: „Die Welt" (auch online) vom 11.12.2020.

ideales Maß dar – für diese kleinen Komödien, Dramen, Krimis oder Parabeln. Und zusammengenommen, erscheinen sie mir zugleich wie winzige Dioramen heutiger Charaktere und Lebenskonstellationen an der ostfriesischen Küste.

„Kürze erfordert immer mehr Mühe als Weitschweifigkeit", wusste schon Charles Baudelaire. Aber kurze Storys sind auch nebenberuflich immer mal wieder möglich und trotz der Mühe machen mir gerade diese Erzählskizzen oder kleinen Kabinettstücke, wie ich sie selber gerne nenne, immer viel Freude und jetzt hoffentlich auch Ihnen.

Lübbert R. Haneborger
im Januar 2022

> Noch vör teihn Daag
> harr he mit sien
> Skizzenbook an d'
> *Haven van Palermo*
> seten.

Swartbrood un Melkschuum-Koffje

🕰

*O*h, gifft dat weer dat lecker Swartbrood?", froog en ollerde Mann, as he rinkomen was. „Wat mooi, dat Ji de Backeree weer open hebben! Veerteihn Daag hebben wi al over-leggt, waar wi nu uns Brood kopen sullen. Denn nehm ik gliek sess Pund mit!"

„Ik hoop, dat dat so smeckt, as mien Opa dat immer maakt hett. Tominnst hebb ik mi genau an sien Rezept hollen", antwoordde de jung Mann achter d' Tresen. Sien Naam was Jesko, un he muss sük nu eerst wennen: to de neje Levenslaag, de Kamers in Opas lüttje Backeree of blot an de Tipperee up de ollerweltske Kass. De Priesen wull he eerstmaal so belaten, nu waar Opa Hinnerk d'r nich mehr was.

As he dat Wesselgeld rutgeven harr un de Kunn tofree mit sien Brood na buten stappen dee, keek Jesko weer verwunnert um sük to. Noch vör teihn Daag harr he mit sien Skizzenbook an d' Haven van Palermo seten. Denn harr sien Vader hum na heel lange Tied weer an- un na Huus ropen. He sull mit hum na en Notar komen, Opa Hinnerk harr dat so wullt. Vör en dreevördel Jahr was sien Froo, Oma Lina, stürven. Se was al langere Tied schofel west, un daar weer Opa woll nich so good overwegkomen. Jesko was noch bi hör Beerdigung west – un nu was tomaal ok sien Opa weg, mit man nettakkraat 72.

Fiev Daag later harr de Notar in Wiesmoor hum verklaart, dat hum de lüttje Backeree van sien Opa tofallen sull. He kunn daarmit maken, wat he wull. Man he sull toeerst noch en halv Jahr de Backeree wiederföhren. Dat was en grote Överraschung för Jesko west. He harr immer good mit Opa kunnt, he harr sogaar de Utbildung in 't Backerhandwark maakt. Man mit 23 harr he mitmaal docht: Du wullt doch noch mehr van de Welt sehn un noch wat anners lehren. So was he na Hambörg gahn, um daar Fotografie un Design to studeren. Dat was nämlich immer al sien leevste Tiedverdriev west.

Man twee Jahren later begreep he, dat he daarvan 'n heel egen un 'n heel anner Vörstellen harr. Do was he anfangen, de Welt to bereisen un överall, waar he kunn, dat bietje Geld to verdenen, dat he för sien komende Flugticket bruken dee. Mit de Tied funn he Gefallen an dat Urban Sketching, he fotografeerde de Steden, waar he henkomen dee nich mehr, he mook sük daar – mit

Pottlood un Waterklören – en egen Bild van. Dör halv Europa was he nu al komen un harr de Biller in sien Boken sammelt. Besünners Italien harr 't hum andaan.

Man nu stunn he in de lüttje Backeree an de Utfallstraat van Freebörg un daarmit vör en heel anner Upgaav. Jesko harr gliek sehn, dat he noch 'n Bült anners maken kunn. Bi de oostfreeske Backwaren wull he nich stahnblieven in de komende sess Maanten. He kunn sük good vörstellen, wo Opa Hinnerk smüsterlacht harr, as he de Bedingung van de Arvskupp upschrieven dee. Sien Opa was al immer en Güüt west. Man de lüttje Villa, waarin de Backeree unnerbracht was, was ok in de Jahren komen. Dat murk man ok an de Blömen un Planten in dat grote Glashuus, dat gliek an de Achtermüür van dat Geschäft anbaut was.

In de komende Weken mook de Enkel mit sien Vader daarut en lüttje Galerie-Café, se bauden en Verbindungsdöör in un stellden dree lüttje Tafels mit Stohlen up. Un an de Achtermüür hung Jesko sien Tekens ut halv Europa up. Nu gaff dat Swartbrood un Melkschuum-Koffje, Botterkook un Melkries, Kookjes un lüttje Pizzaecken, frisk ut de warme Ovend. Dat kwamm in disse Sömmer bi de Radfahrers best an, un so wurr dat lüttje Huus bold van vööl mehr Minsken anstüürt as vördeem. Un boven in dat lüttje Huus harr sük Jesko sülvst inricht un ok noch en moje Eck as Atelier utstaffeert.

Up d' Karkhoff harr sük Jesko in all de Tied nich traut, denn he kunn sük noch good an de Beerdigung van sien Oma besinnen un wo hum dat achterna gahn was. Ok dat Huus van Oma un Opa, dat achter Freebörg up 't Land lagg, harr he blot of un to van sien Motorrad ut in de Feernte sehn. So gungen de Weken un Maanten in 't Land. Un een Dag bevör he sük entscheden sull, wat mit de Backeree geböhren sull, pingelde kört vör 6 Ühr savends noch 'nmaal de Klingel över de Ladendöör. En paar Minüten daarvör was en grote Scharr över dat Schaufenster fallen. En schötig Wohnmobil harr vör de Döör hollen. De leste Gasten in dat Café wassen nett weg, un Jesko rüümde noch hannig de Tafels of.

As he achter de Tresen komen dee, wassen hum bold de Tassen un Tellers van 't Tablett naiht. He muss sien Ogen tokniepen un weer henkieken. De Urlauber, de nu vör hum stunn, leet haast nettso as sien Opa. Blot was de Mann heel bruunbrannt un harr 'n heel düster Sünnenbrill up, mit en upfallend rode Gestell. Jesko doch glik an en Hollander. Man de Frömde was wahrachtig Opa Hinnerk. Un de was mit Ehr gedeent, as he sien Enkel achter de Tresen hanteren sach un mehr noch, as he gewahrde, wat he ut sien Backeree maakt harr.

„Moin Jesko, mien Jung! Daarmit hest nich rekend, dat ik noch maal weerkomen dee, wa!", see Hinnerk smüsterlachend.

„Ja, man Opa Hinnerk, du büst ja gaar nich dood!", stamerde de Enkel verbaast.

„Weetst du, Jesko, dien Vader hett alltied klaagt, dat he nich wuss, wat ut di worden dee, un nadeem mien Lina stürven was, hebb ik mi 'n Hart nohmen un ennelk maal dat maakt, wat ik all de Jahren nich kunn. Un do harren wi de Infall mit dat Testament, un ik hebb mi dat Auto hier vör de Döör hüürt un bün d'r eenfach mit up Tour gahn. Un dat ik dood was, hett nüms an di seggt. Dien Vader hett immer blot an di seggt: Opa is d'r nich mehr … of … he is weg! Un dat was ik ja ok", vertellde Hinnerk sien verwunnerde Enkel. „Man de grote Fraag is nu, wat wullt du mit mien Backeree maken?"

„Dat mutt ik mi noch överleggen", see Jesko un knippoogde, blied, dat sien Opa d'r weer un an 't Leven was. „Villicht kannst du noch een, twee Maant wiedermaken. Ik glööv, ik mutt noch eerst wat rutfinnen in Italien." Daarbi doch Jesko an Luisa ut Palermo, de he de hele Tied nich vergeten kunn.

Wied in de Feernt kropen de
Containerschippen
... Man de Welt harr hier
nix verloren.

Noodlandt in 't Paradies

ier höörde man alleen de Wellen anun weer wegrullen. Un wenn de Wind naleet, hung in de Lücht blot dat Ropen van de Vögels – van Dusenden van Möwen un of un to ok van raar Deren so as de Lepelstürken, de Blauhaavkes of de Aaldukers.[1]

Wied in de Feernt kropen de Containerschippen an d' Kimm van de See un gungen de Touristenschippen hen un weerdenn. Man de Welt harr hier nix verloren. Över de Naam van disse Eiland wurr beter swegen. Allto vööl van de Nordsee-Urlaubers kennden hum haast nich, un dat was Gerrit, de hier van Määrt bit Enn Oktober leevde, ok heel recht so. Kuntakt na 't faste Land hull he över dat mobile Internet. Man de Verbinnen was nich allto good in leste Tied, wat hum ok nich be-

---

[1] Selten verwendete plattdeutsche Namen: Lepelstürken (Löffler), Blauhaavkes (Kornweihen), Aaldukers (Kormorane).

sünners verdreten dee. Villicht deen se al up sien Berichten wachten, man he kunn d'r ok nich vööl an ännern. Un wat was dat all: de Tied?

Vandaag was he ok noch laat upstahn. Well sull dat wall stören?

De Natur wurr al kollerder in de leste Weken, un so was de Sünn al mooi warm, as he um halv teihn ut dat lüttje Huus na buten kwamm. In de een Hand de dampende Koffjebeker, in de anner sien Feernglas. De Sünn full hum pielliek in de Ogen, un so bleev he eerst maal stahn un kneep hör weer dicht. De Wind suusde hum sacht um de Ohren, un vör sien Ogen flimmerde dat blot noch grell- un geelrood. Wat för 'n Free, wat för 'n moje Mörgen! Noch en Kluck Koffje un denn … Man wieder kwamm de Vögelwart nich.

Up eenmaal höörde he en forse Stimm ropen. So schrill, dat he sien Ogen so tomaal openreet.

„Nu helpen Se mi doch maal un drömen daar nich in d' Dag rin", reep en roodhaarig Froominske. Twintig Meter weg. Man Gerrit sach hör natte un ofreten Kleer un de rosa Plastikkuffer, de se achter sük hertrecken dee.

„Ji Mannlüü sünd doch all gliek!", futerde se.

„Ja, man, wat maken Se denn hier? Disse Insel is för Urlaubers doch verboden!", hull Gerrit daartegen, man leep hör al helpend tomööt.

„Mien neje Bekenntskupp hett mi eenfach över Boord smeten un is mit sien Yacht wiederskippert, de Schojer!"

Gerrit muss hierup smüsterlachen, man se was heel nich mehr to bremsen:

„Eerst van de grote Leevde döntjen un denn dat! … De breng ik vör 't Gericht! De sall ik wall even helpen!"

„Ja, man nu bedaren Se sük doch eerst even un warmen sük up", see Gerrit un namm hör de Kuffer of. „Se könen ja man blied wesen, dat Se nich verdrunken sünd un hier noch 'n Huus steiht mit Baadkamer un Ovend. Drögen Se sük man eerst even of un nehmen en hete Dusche, Se trillen ja!"

Un dat dee de Froo, de sük Merle Albers nömen dee, denn ok – nadat de Vögelwart hör Kuffer in 't Huus brocht un hör alls wesen harr. Gerrit kraamde noch wat verlegen in sien Büro rum un besloot denn, de feine Daam noch 'n Koffje hentosetten un up sien Tour to gahn – so as elke Mörgen.

As he twee Stünnen later weerkwamm, scheen se hum al to vermissen. Un Gerrit wunnerde sük, wat se hum nich all to vertellen harr, man ok daaröver, wat se hum all to fragen harr. Se interesseerde sük also nich blot för dat petüte Leven up de Yachten un in de moje Hotelkamers, man ok för sien eensaam Leven un Arbeiden hier up de gröne Sandbank.

Eerst doch he, se was villicht en Reporterin, Stünnen later wurr he bang, dat se Gefallen funnen harr an hum – hör Redder. Man mit sien 44 Jahr harr Gerrit dat Kapitel un dat Hen un

Her mit de Froolüü ofsloten – un dat een för all Maal.

Na twee Dagen harr Gerrit dat Geföhl, dat se sük al heel kommodig föhlen dee in de Slichtheit van sien Huus un Leven. Se nöömde dat „Entschleunigung" un „Minimalismus", so as dat överall daar buten nu Mood was. Ok na dree Dagen mook se keen Anstalten, um weer to schampen. Se wull vöölmehr weten, wat he de hele Dagen so mook un of he hör noch mehr över de verscheden Deren vertellen kunn. Gerrit wurr daaröver immer unrüstiger, un hum verdroot dat so, dat he na veer Dagen besloot, hör sülvst na d' Küst of de nächste Insel to brengen.

Gliek na 't Frühstück see he, dat he hör up 'n Schippstour mit sien Motorboot inladen dee un bi de Gelegenheid ok gliek na de nächste Haven brengen kunn. Dat scheen de Besökerske eerst nich to behagen, man 'n halv Stünn later kwamm se doch mit hör verschrammde gleuh-rosa Kuffer un in hör Anorak weer na buten.

„Ik bedank mi ok noch för Hör Fründskupp un dat Se mi de lüttje Lagerruum herricht hebben", see se, as se tegen Middag up de Kaje stunnen un uphands weer utnanner lepen.

---

[2] Bei der hier beschriebenen Vogelschutzinsel könnte es sich sowohl um Memmert als auch um Mellum handeln. Deshalb wird sie bewusst nicht erwähnt, vergl. die Karte auf S. 106f.

Gerrit stunn noch 'n heel Sett bi sien Boot un plieroogde tegen de Septembersünn an. ,Up een Wies is dat ok schaa, dat se nu weer weg is', doch Gerrit bi sük, as he sien Inkoopslist ut d' Büxentaske vandag haalde.

,Man mien Arbeidgevers glöven ja wall nich, dat ik nu heel un dall up Kopp fallen bün! Van wegen Merle Albers! Man good, dat ik gliek even in hör Kuffer inkeken hebb, as dat *feine* Wicht för 't eerste Maal unner d' Dusche stunn.'

Se heet in Wahrheid Marie Kannegeter, un de Naam was för hum nich neei.

,Ik harr al gliek so 'n arig Geföhl. Un wat mooi, dat dat Internet so good funktioneren dee, de leste Avenden. So hebb ik heel hannig rutfunnen, dat disse Froominske de Dochter van mien Baas is un dat se hier even utspioneren sull, of dat bi mi un mien Arbeid noch alls mit rechte Dingen togung. Hör E-Mails komen ja heel faak gaar nich an bi mi.'

Wat was he blied, dat se nu nix Slechts berichten kunn un he bold weer sien Ruh harr.[2]

Dat was doch
nich to glöven!
Verbrekers ...
harren en
Breevkast
openbroken.

Postbood
up Umwegen

——————— ❈ ———————

As Ihno Hanken de Polizeibericht savends up sien Handy upblinken sach, was he haast van 't Sofa fallen. Dat was doch nich to glöven! Verbrekers, van de jede Spoor fehlen dee, harren en Breevkast an d' Winkelstraat openbroken – in sien Postkuntrei in Bund'. As dat Foto düdelk maakde, harren se de Kast eenfach van de Pahl ofreten, leegrüümt un achterna liggenlaten!

De flietige Postbood gung dat al gewaltig tegen de Sinn, dat de Bladen in leste Tied al fakerder slecht över d' Post schrieven deen. Umdat 'n Stück of wat Postsendungen, blot in Oostfreesland rundstüürt, bold 'n Week unnerwegens wassen. Umdat d'r 'n Kolleeg ut Versehn 'n paar Postkisten över Nacht buten stahn laten harr. Of dat de Post d'r sowieso nich mehr achteran kwamm, bi all de Online-Bestellungen, de ok na Oostfreesland gahn deen.

Ihno Hanken kunn man nix vörmaken. As Springer was he al bold överall tüsken Ditzum un Wittmund up Padd west mit sien gele Auto of mit Postrad. Man dat hier gung nich an – un he muss wat unnernehmen. Dat gung um sien Kuntrei un de Ehr van sien hele Beroopsstand!

Daarbi was Ihno egentlik mehr dör 'n Tofall bi de Breevdragers unnerkomen. Dat was veer Jahr her. He harr nett sien Lehr in d' Supermarkt smeten un nich wieder wusst, as hum en Fründ vertellt harr, dat se bi d' Post ok jungerde Lüü söchden. Vandaag much he de Touren över Land un dör de Steden nich mehr missen – un dat Prootjen an d' Dören al lang nich. Noch mojer wassen blot noch dat Angeln na Fieravend un de Wekenennen, waar he un sien Verlobte sük al siet 'n halv Jahr Omas Huus torechtmaken deen.

Up hum un sien Kollegen was Verlaat, un dat wull he bewiesen. Mit Iever gung he nu elke Mörgen dör de Bladen. Man he funn kien neje Narichten över de Stehleree van de Breven. Of un to kunn man över Banden lesen, de meesttieds över d' Grenz kwammen un denn in ofgelegen lüttje Bankfilialen Geldautomaten upsprengen deen. Waarum sullen de nu ok noch Breevkastens utnannerrieten? Of wassen se umstegen?

Ihno Hanken mook sük so sien Gedanken, wenn he up Tour was. Villicht doch de Polizej ja ok, dat dat junge Lüü west wassen in Bund'. Ut Tiedverdriev of blot, um dumm Tüüg uttofreten un dör anner Lüü hör Privaatsaken to nöösken. Daarbi full Ihno in, dat nu ok de Tied van de Kunfermationen was. Denn kunn een daarvan utgahn, dat d'r ok 'n Bült Kaarten mit Geldgeschenken verstüürt wurren. Seker. Man waarum was dat dann in all de Jahren vördeem nich ok geböhrt mit de openreten Postkastens? Un waarum nettakkraat hier? Womögelk gung dat ja ok gaar nich um 'n Rummel Breven, sünnern um en heel bestimmte, gung hum dat dör sien blonde Krullerkopp.

De Breevkast an d' Winkelstraat was hannig ersett worden dör de Kollegen van d' „Infrastruktuur", wieldes Ihno besloten harr, ruttofinnen, well de Kasten fakerder anstüren dee. He overleggde hard, of he sük up besünner Breven besinnen kunn, de he jüst daar ofhaalt harr. He spöörde, dat daar wat was, man hum full nix in.

So versöchde he in de komende Weken, sien Pausen alltied dicht bi de Kast to verbrengen un de Backje to beobachten. Sogaar na Fieravend fuhr he noch 'n Umweg över Bund' un dör de Winkelstraat. He harr sük vööl utmaalt. In sien Gedanken sach he en jungen Mann, de dör en ollerweltsken Breev Afscheed van sien Leevste nehmen wull, de Breev insmeten harr un daarbi van sien Geföhlen överrullt worden was. Nee, so was dat nich, he wull hör nich verlaten un so fung he an, vertwiefelt an de Kast to rieten. Ihno doch an de Autofahrer, de se blitzt harren un de elke Dag up de Breev van 't Landratsamt wachde, umdat he Angst harr, sien Führerschien to verlesen. He harr mit 'n Bült anner Lüü rekent, man well kwamm, was Insa, en Fründin van sien Wiebke! Un do sach he en heel Rieg besünner Breven weer vör sük. Dat he daar nich ehrder an docht harr!

„Kummst du hier elke Avend langs? Nich dat ik di naspionieren do!", see Ihno un verklaarde Insa sien private Ermittlungen. Un Insa vertell hum, wat se wuss, ok wenn se dat egentlik nich dürs as Angestellte bi en Avkaat in Leer.

„Man Ihno, du weetst doch, dat wi hier dicht-bi wohnen un bi disse Kast kann ik jede Avend anhollen, ohn dat ik över d' Straat mutt. Daar smiet ik all de Breven in, de wi över Dag in d' Kanzlei schreven hebben. Man wi hebben al bi d' Schandarms anropen un uns hele Sendungen van de Dag nochmaal rutstüürt."

Fraagt na en besünners aktuellen Fall, see Insa: „Ja, seker gifft dat daar wat. Wi verdedigen de Mann, de tegen de grote neje Industriepark bi Sta-pelmoor angahn deit. Up de sien Land bröden nu Vögels, de partout unner Naturschutz stahn. Dat mit hör Werkshallen köönt de heel un dall verge-ten! Wi hebben de Inwendung gliek na Leipzig

---

[1] In den letzten Jahren wurde in den ostfriesischen Zeitungen bereits häufiger über Postbeschwerden im Landkreis Leer berichtet und die Polizeiinspektion Leer/Emden hat am 6. November 2020 tatsächlich über den aufgebrochenen Briefkasten in Bunde berichtet. Der ganze Rest dieser Geschichte ist frei erfunden.

stüürt, na 't Bundesverwaltungsgericht. Dat wurr ok nettakkraat Tied, nett as immer!"

„Nu segg nich, dat de Breev in de Kast satt, de se ofreten hebben!", reep Ihno.

„Ik glööv, daarmit hest du recht", överleggde Insa, „man dat würr ja bedüden, dat wi de Termin nich mehr hollen hebben, as de Breev 'n paar Daag later nochmaal rutgahn is!"

Man genau so was dat west. Dat gung um Millionen an Stöön för dat Unnernehmen, un dat Unnernehmen harr 'n Kollegin van Insa bestoken un genau wusst, wennehr Insa de Breev insmieten dee. Ok de anner Breven funn de Polizei kört daarna in en Büroschapp van de Investor. Ihno wurr heel verlegen, as de hele Saak dör de Bladen gung, man he freide sük ok, dat dat Gericht in Leipzig de tweede Breev noch för dat Verfahren tolaten harr – un de harren he un sien Kollegen weer up de Weg brocht. [1]

Wenn dat stimmde, denn was he ja nich mehr an 't Leven! … Man daarbi harren se doch leste Week noch heel groot fiert.

Blot en lüttje Versehn

*H*e verfehrde sük … un wurr bannig blass um sien Nöös. Harr he dat nu recht verstahn? Un begrepen? Wenn dat stimmde, wenn dat würrelk stimmde, denn was he ja nich mehr an 't … Man daarbi harren se doch leste Week noch heel groot fiert. In d' Dörpkroog. Sien fievunsöventigste Gebuursdag.

Dat grell Lücht … fung an to flimmern. Alls fung an, sük to dreihen. Sien Sichtfeld wurr daarbi immer lüttjeder. Sweet leep hum ieskold over de Bregen. Wiel he noch de grote Ogen van sien Elke sach. Un de Arms un Hannen, de na hum grepen. Man do gleden de Müren all dwars un dweer. He höörde man blot de Klang van hör Woorden … kunn aver nix mehr verstahn. Alls full um hum to un en bannig Last drückde up sien Bost. Denn wurr alls düster up eenmaal – un was doodstill.

Dat Eerste, wat he denn weer gewahrde, was en freje Stee in 'n Holt mit blot 'n Stück of wat

Bomen. He was daar hannig dörlopen un keek mit eenmaal up en wiede Küstenstriep un up en Maan, de över de See daalgung. Man dat was gaar nich kold um hum to un de Maan un sien Schien leten as en lüchtend Minske, de över dat Water leep. He kunn mit sien Ogen daar gaar nich mehr van wegfinnen, man wurr van Stimmen un Bewegens an de wiede Strand oflenkt.

Up eenmaal harr dat anfangen to weihen, midden in sien Gesicht. Wenn he nich de Ogen dichtkniepen muss, um de Sandkennels oftowehren, gewahrde he Minsken, de he deelwies al siet Jahren, ja Jahrteihnten, nich mehr sehn harr. Sien Moder sach he mit en Schamp un ok sien Vader, de he blot van swart-witt Fotos kennen dee. Mennig Bild ut sien Leven floog an hum vörbi. He gewahrde Minsken, de he noch so geern wat seggt harr. Un en junge Froo, de tomaal stahnbleev vör hum un sük umdreihde, was nüms anners as sien Dochter Christine. Sien lüttje Wicht, de he al siet Jahren nich mehr sehn harr. De sük to faak mit hum streden harr un nu en heel anner Leven leevde as hör Ollen. Se fung tomaal weer an mit hum to proten. Man Tranen van Bliedskupp spöölden dat Bild weer ut sien Ogen.

Denn uplest stunn daar bi de Strand en groot enkelt Huus un he gung al, ohn sük recht to bewegen, dör de Döör. He stunn up eenmaal weer midden in de Dörpkroog un sien Gebuursdagsfier. Un nettakkraat fung sien Froo Elke weer van de

Glasanbau an. Se harr dat nett over de Kredit, de se daarför upnehmen wullen, um nich hör anner Kinner to Last to fallen. Denn höörde he weer Stimmen un sien Naam: „Heer Andresen, Heer Andresen!"

***

As he sien Ogen weer upsloog, sach he över sük dat helle Lücht un denn de Gesichten. Van sien Elke un van de junge Fent, de Bankberader. He lagg noch up d' Teppich, sien Been anwinkeld över en Stohl.

„Daar sünd Se ja weer, Heer Andresen! … Se mutten ja ok nich gliek wahrmaken, wat hier schreven steiht", see de Bankangestellte un wurr heel verlegen. „Bedaard Se sük man even!"

Un sien Froo flüsterde: „Word all weer good, Wilm! Du büst ja woll blot even wegwest bi de eerste Upregen. Dat was seker blot en Verkehrt-verstahn!"

„Ja, Heer Andresen, wi kriegen dat all weer in d' Rieg!", plichde de Berader hör hannig bi, man he leet doch 'n bietje upgereegt bi sien Woorden.

„Man Se hebben doch seggt", besunn sük Wilhelm Andresen nu, „dat Se mi kien Kredit geven kunnen, … umdat de Rentenversekern mien Daten lösket un mi daarmit för dood verklaart hett! … Dat hebben Se doch seggt?"

„Ja, Heer Andresen! So steiht dat ja ok hier in mien Papieren. Man dat kann ja nich angahn! Wenn Se un Hör Froo in mien Büro komen un nu ok noch en Anbau an Hör Huus setten willt!"

Se hulpen Wilm weer to Been un as he weer kommodig up de Stohl satt, see sien Froo sachtjes: „Du hest ok al siet annerthalv Maanten kien Rent mehr överwesen kregen, Wilm. Hest du dat denn gaar nich mitkregen?"

Wieldes Wilm noch overleggde, meende de Bankmann: „Man dat lett sük alls weerkriegen un Hör Kredit will ik noch disse Week freeigeven! Denn köönt Se mit de Bau van de Wintertuun al bold anfangen."

***

Veer Weken later was de Anbau klaar worden, wieldes en Breev van d' Rentenversekern in d' Postkast full. Daarin man en paar Riegen van en Amtsrat Ollenhauer. Se kunnen sük dat ok nich verklaren un hier blot Ofbeed doon: Se harren woll twee Rentners mit de glieke Naam verwesselt. Ok in Rendsbörg leevde en Wilm Andresen. Un de was körtens würrelk stürven, mit eenunsöventig.

---

[1] Angeregt durch einen Bericht in der „Ostfriesen Zeitung" vom 28.1.2019, Seite 9: „Rentner wird versehentlich für tot erklärt".

Bi 't Lesen van de Breev full Wilm Andresen en Traan up dat Papier. He was glückelk weer upwaakt ut sien körte Droom un harr noch so vööl to doon hatt achterna. Ok mit sien Dochter Christine harr he sük intüsken utproot. Un he freide sük in disse Najahr mit sien Froo över dat neje Glashuus. He was dankbaar un wull elke Sünnenstrahl un elke Moment daarin geneten, de he noch togood harr. Un dat allens blot dör en lüttje Versehn. [1]

För hör was de Welt
nett as'n
Wunnerwark ...

De mooiste
Ogen

❖

*H*anna was al as lüttje Wicht 'n besünner Kind west. Se harr al immer un för alls hör egen Tied un Wies hatt. Nettgliek, wat um hör to geböhren dee, se keek sük de Welt mit hör egen Ogen an. Nich blot, um alls to sehn to kriegen, man ok, um alls to begriepen. För hör was de Welt nett as 'n Wunnerwark, un in d' Grundschool was se ok dat eerste Kind west, dat de meeste Steerns bi d' Naam kennde of wuss, wo de Bladen sük unnerscheden deen an de Bomen. Umdat se wied buten upwuss un mit hör Familie up 'n Buurderee gliek achter d' Diek wohnde, harr se nooit vööl Fründinnen hat. Dat bedröövde hör Moder al in jung Jahren. Do harr ok noch Hannas Oma leevt un mit hör vööl Tied verbrocht. Oma harr hör 'n Bült bibrocht un Hannas Verbinnen mit de Natüür noch starker maakt.

Dat lagg nu al mennig Jahr torügg un na de Grundschool was Hanna ok up dat Ulrichsgymnasium in Nörden good klaarkomen, mit Biologie un Geschicht as hör beste Facken. Gliek na dat Abitur was se för en freeiwillig Jahr in Holland west up 'n Naturschutz-Station an de Küst un nu sull dat wiedergahn na Münster.

De Upregen was groot, umdat de Stadt nich even lüttjet was – un Hanna harr nooit in en Stadt leevt. Ok dee se sük immer noch swaar daarmit, neje Fründinnen to finden. Se was leep sensibel un hör Moder, mehr as hör Vader, sörgde sük al, of se laterhen alleen blieven sull. 'n Fründ harr se, so wied as hör Ollen dat wussen, noch nooit hatt. „Se is nu al Anfang twintig un wenn se so intensiv studeert, as se na d' School gahn is, denn is 't bold to laat", harr hör Moder körtens bi sük docht. Hanna bruukde even för alls wat langer, man wenn dat na hör Sinn was, dann kunn noch alls geböhren.

Man nu was eerst de grote Dag komen, dat se för 't eerste Maal mit d' Zug na Münster fahren sull. Van d' buterste Hörn van Westermarsch na de Bahnhoff van d' Stadt Nörden to komen, düürde 'n heel Sett, un dör Hanna hör Nüsselee wassen se un hör Moder al an d' leste Kant. Wat good, dat se dör 'n Kusien al 'n Kamer in Münster seker harr un de Möbels daarin siet twee Weken up hör wachten deen.

Mit de Fahrkaart in d' een Hand un de grote Reisetaske in de anner un mit 'n Rucksack up de Rügg floog Hanna so gau as se kunn up de Waggons an. De Wagen stunn noch open, un se was d'r nett instappt, as de iesdern Arms van de Dören sük al achter hör sluten wullen. Man mit 'n unverwacht Pultern un 'n Stennen quetskede sük noch en leste Fahrgast dör de Dören un harr Hanna hast to Fall brocht. De Kruuskopp dee ok futt Ofbeed bi Hanna un stellde sük as Tobias vör. As se ok noch binanner to sitten kwammen, umdat de Zug vull satt mit Urlaubers van de Insels, keek Hanna in de mooiste blaue Ogen, de se ooit sehn harr. Man se was so unbehulpen, dat Tobias al in Lingen weer ut de Zug wüppde, bevör se hum ok blot na sien Achternaam of Adress fragen kunn. Denn was de Bahn ok al in Münster ankomen un 'n neje Leven harr anfangen.

De eerste Week was vull west mit neje Indrücken un Hanna was noch gaar nich rechtschapen in Münster ankomen. Alleen de Altstadt to bekieken, de se bit nu hen blot van Biller ut Boken un dat Internet kennde, was för hör 'n Pläseer sünner Enn. De Prinzipalmarkt un de machtige Lambertikark, de olle Handelshusen mit de Arkaden un verzierde Gevels, Hanna muss so vööl tomaal upnehmen. Bold elke Namiddag was se in de Binnenstadt herumlopen.

Ok an dat Studeren muss se sük noch seker 'n heel Sett wennen. An de Boowarken, de neje Örnung, de völe Minsken. Man de Studenten, de sük hier Kommilitonen schimpen deen, wassen all leep fründlich. Un Hanna harr lehrt, dat sük hör eerste twee Studienjahren blot för 'n Dardel um de Biologie dreihen deen, daarför muss se nu ok düchtig Chemie, Physik un Mathematik wiederlehren. Man dat sull hör woll glücken, wenn se de Dingen up hör egen Maneer anpacken dee. 's Avends torügg to komen in dat Studenten-Wohnheim was villicht de grootste Umstellen. Man mit hör Naberske Marie verstunn se sük al heel good.

Hanna harr versproken, bold weer na Huus to komen. As se Fredagsavends laat in d' Zug satt, muss se weer an dat denken, wat hör al de hele Week kien Ruh laten harr. Immer weer doch se an sien Ogen, man wo sull se Tobias blot weerfinnen. Se wuss alleen, dat he in Lingen studeren dee, man harr in hör Upregen vergeten, wat genau.

Dat wurr heel laat an disse Avend. Un as se ennelk in Nörden utstiegen dee, harren hör Ollen kien Tied, um hör oftoholen, umdat nett en Koh melk wurr. Hanna besloot in dat leste Taxi intostiegen, dat d'r noch up 'n late Gast wachten dee.

De Taxifahrer was 'n spaßigen Keerl. As se hum froog, of he hör um disse Tied noch heel an d' Diek brengen kunn, antwoordde he:

„Fiev vör twalven sünd mi lever as een besopen Henn na Middernacht! Stiegen S' man hannig in!"

De Fahrer bekeek Hanna kört in sien Spegel un sach, dat se bedröövt un in Gedanken was. Dat leet hum kien Ruh un mit 'n paar bedaarde Woorden broch he dat klaar, dat se van de leste Dagen to vertellen anfung. Uplest wurr hör so licht um 't Hart, dat se ok up Tobias to proten kwamm un wo se hum kennenlehrt harr. Do full um de blaue Ogen in de Spegel, ohn dat Hanna dat sehn kunn, 'n Glojen un 'n Smüsterlachen. Un as se Minüten later bi de Buurderee anhollen deen, froog de Fahrer um dat Geld un drückde en Zedelke ut. Man bevör he hör de geven dee, schreev he noch hannig 'n paar Tahlen up de Rücksied un see dann:

„So 'n unnöseligen Kruuskopp gifft dat blot eenmaal! Un sien Vader hett Hör nett na Huus brocht!"

Denn lachde de Mann un Hanna keek in de glieke blaue Ogen. Se stunn noch buten un hull de lüttje Zedel mit de Telefoonnummer daarup, as de Autolüchten al lang in de Nacht verswunnen wassen.

He kunn de Tuun ut sien
Kinnerdagen
weerkennen, sach all dat
Gemüüs un de Appelbomen.

Dat lüttje Huus in d' Dackkamer

---

*H*e wuss, dat sien Froo recht harr un dat se dat good meende. De Regen kloppde al de hele Mörgen up de oll Dacktichels un dat würr sük ok vannamiddag nich ännern. Hör Raden kunnen in d' Schuppen stahnblieven. Dat goot al siet September. Unnerratts. De hele Tuunpaden stunnen blank, de Buren klaagden, dat se hör Mais nich van 't Land kregen un elk un een wurr misselk. Ok de Ollen seen: ‚Wi köönt uns nich besinnen, dat wi al maal so vööl Water in d' Najahr hatt hebben.'

De Klimawannel was nu ok in Oostfreesland un in sien neje, olle Heimaatstadt ankomen. So harren se sük dat nich vörstellt, man wat sullen se maken.

Vör veer Maanten wassen Enno un sien Froo Carina ut Freemd weer na Emden trucken. Man nu all dat Water, waar se sük dat binnen in dat oll Huus doch al weer leep kommodig maakt harren, tominnst unnern. 'n Bült moderner as vördeem, aver se harren ok noch wat van Opas Schappen behollen un weer mooi torechtmaakt. Man dat gaff ja ok noch de eerste Etaag, waar de neje Tapeten noch drögen mussen, un butendeem de grote Dackkamer. Daar boven stunnen noch 'n paar Kuffers un laggen 'n paar oll Saken, de Opa Roolf sük bisied leggt harr, lang bevör he in 't Altersheim umtrucken was. ‚Behollt d'r van, wat ji willen', see oll Roolf alltied. Enno wull de Saken dörkieken, wenn Tied was.

He harr nu Tied, man he harr ok Urlaub un bi all de Unrüst un Kabbelee in de leste Weken wullen se sük ok maal 'n bietje verhalen. He wuss nich, of dat Dack överhoopt dicht was, ok wenn Carina al van en ‚Loft' drömen dee, so as se dat in de grote Stadt kennenlehrt harr. Warm wass ok wat anners, man Enno harr sük al 'n dickerde Pullover antrucken.

Dat was naar still achter de holten Döör. Blot de Regendrüppen tickerden hier tegen de Dackwinkels mit en unbegriepelk Slag an. Tüsken de olle Dackbalkens was dat düster. Man de lüttje Birn dee an disse Vörmiddag sien Best, um en warm Schien tegen dat bleeigraue Lücht antosetten, dat dör de lüttje Dackfensters infallen dee.

Enno gewahrde de Kicker, dat Bügelbrett un dat stoffig Radio, de ok all beter Tieden sehn harren. Wo minn de Lüü froher doch harren un wovööl de Dingen do noch weert wassen. Carina un he har-

ren vööl to vööl Reev un dat was hör nich eerst bi
't Umtrecken upfallen. Se harren al 'n Bült weg-
daan in de leste Weken un nix daarvan vermisst.
Man wat sull sien Grootvader all in de Schachtels
un Kuffers verstoppt hebben? Opa harr hum noch
stolt daarvan vertellt, dat he sien Reev up Stee
maakt harr, Jahren nadeem sien Mimi bi dat Un-
weer umkomen was. Dat was ok in Harvst west,
man bi 'n grote Störm.

In de eerste Kuffer laggen de oll Dokumenten.
De Meisterbreev van d' Handwarkskamer. Man
as enkelt Maler un Lackierer was dat alltied nich
eenfach west un Opa was later in de Lackeerderee
van dat neje VW-Wark wesselt. In de tweede Kuf-
fer funn he de Breven van Roolf un Mimi un he
wurr vergrellt up hör Woorden, as he begreep, dat
sien Opa un Oma haast so old wassen as he un
Carina nu.

Wat se sük wall all to seggen harren, domaals as
Oma wieder weg in Stellung gung un as Opa later
mit sien angrepen Bronchien to Kur weg was. Wo
se hum vermissen dee, wat hum allens plaagde,
umdat he meende, nich good genug to wesen för
Mimi, de van 'n grote Buurderee in d' Krumm-
hörn stammde, welke Danzmusik of Boken hör
bewegen deen. Enno vergatt reinweg de Tied un
as Carina tegen half een mitmaal an d' Döör klop-
pen dee, verfehrde he sük reinkant 'n bietje.

Na dat Middageten harr he hannig dat Geschirr
in de Maschien stellt un was gau weer de Trappen

anhoogflogen. He harr noch mennig Breven un 'n paar Kuffers un Schachtels vör sük.

„Ik kann dat hele Leven van Opa un Oma doch nich up eenmaal so wegdoon", harr he nett noch seggt, man duuk al weer pielliek in de 60er Jahren torügg.

As he de darde Kuffer openmaken dee un unner de Deckel greep, hull he bold dat lüttje Bild in d' Hannen, dat Opa domaals van disse Huus maalt harr un dat froher alltied in d' Köken hangen harr. Nu bekeek he dat Bild, as of he dat noch nooit sehn harr.

He kunn de Tuun ut sien Kinnerdagen weerken-nen, sach all dat Gemüüs un de Appelbomen. Un sien Oma kwamm nett ut d' Achterdöör van hör Köken lopen. De Sünn scheen over de Haven-stadt un de lüttje Husen in de Naberskupp un ok de Toorn van d' Neje Kark kunn he in d' Feernt gewahren.

Up 'nmaal spöörde he en sore Wind an sien Arms un he höörde de Vögels in d' Tuun un ok, wat sien Oma reep. Opa sull nich so lang in de grell Sünn stahn to malen. Man Opa wunk of: ‚So heet is dat ja ok weer nich.‘ Oma Mimi was so jung un mooi, so as Enno hör noch nooit sehn harr. Un as he dat Huus recht bekieken dee, do sach he, dat dat heel neei weer un de Fensterrahms frisk streken in de Sünn schimmern deen.

He verstoppde sük achter 'n Busk, as Oma Mimi up Opa daallopen dee. Unnerwegens namm se noch 'n paar riepe Tomaten van d' Struuk un keek uplest um de holten Gestell, waarup Opa sien Leinwand stahn harr. Se striekelde hum an d' Arm un smüüsterlachde. „Dat Bild lett ja nett so mooi as in 't echte Leven … uns komende Leven in dit lüttje, sünnige Huus", see sien Oma.

„Enno … Enno", höör he sien Naam sacht an sien Ohren un he murk, dat he al 'n hele Sett, tegen de Dackbalk anlehnt, slapen harr.

„Wullt du denn de hele Dag hier boven blieven?", froog Carina. „Is al Klock sess! Wi wullen doch noch even in d' Stadt lopen!"

„Is ja ok 'n besünner Dag un so mooi Weer achtern in uns Tuun!", flüsterde Enno.

Carina keek hum twiefelnd an. Man in de glieke Moment fullen de eerste Sünnenstrahlen dör dat Dackfenster un de anner Mörgen hung de Schilleree van Opa Roolf weer nett as immer unnern in d' Köken.

To See to fahren,
dat gaff hum noch
immer en Geföhl van
Freeiheid ...

Fisker sien List

Of he in fiev Jahr noch Fiskermann was, dat wuss Heiko nich. Wenn de anner Fiskerkollegen hum daarna frogen, denn was dat „Ho!", dat he to Antwoord gaff, in de leste Tied immer körter un sachter worden. He was d'r nich mehr van overtüügt. Ok wenn sien Opa un Vader stolte Fiskerslüü west wassen, hier in de lüttje Sielhaven – un ok, wenn sien Vader hum de moderne blaue Kutter vermaakt harr. To See to fahren, dat gaff hum noch immer en Geföhl van Freeiheid un natürelk Arbeiden. Man riek worden kunn man daarbi nich mehr.

De Fangquoten, de de Bürokraten van Brüssel sien Fiskeree-Genossenschaft vörschrieven deen, Fisken un Granaat, de minner wurren in hör Netten, all dat Plastik un de Schiet un Strunt in 't Water, de wesselnde Priesen un all de anner Sörgen moken hum mit Enn veertig mehr Verdreet, dann Pläseer. Bovendeem wullen ok immer mehr jung

Lüü immer minner Fleesk eten, wat denn noch Fisk. „Für den Umweltschutz und gegen den Klimawandel!" Wenn he dat al hören dee! Man sien egen Jung fung daarmit ok al an, sietdeem he up de hoge School na Nörden gung. Un van de Fiskeree wull sien Jung nu ok nix mehr weten. Man villicht was dat ok beter so.

Mennigmaal doch Heiko bi sük, dat he un sien Kollegen in d' Haven blot noch Biwark wassen för de Touristen, de in Scharen kwammen. Vannamidag muss he weer in d' Haven sitten för hör, in de gleihnig Sünn, un Netten flicken. Daarmit de Besökers weer hör Handys ut d' Jackentask nüsseln un düchtig knipsen kunnen. Dat harren se mit dat Tourismusbüro so ofproot, aver he was glieks daartegen west. Man dat harr hum heel nix nützt, as se daarover bi d' leste Versammeln ofstimmt harren. He versöchde sük weer up sien Arbeid to kunzentreren. He wull nich de hele Tied de Urlaubers bekieken, wenn se hum al angaffen mussen. Un in hör Blitzlücht ingrinsen, dat wull he al lang nich.

He keek andaal un beoogde de Miegheemkes, de daar an d' Grund tüsken de Plaasterstenen hen un weerdenn krabbeln deen. Se kunnen noch lopen un doon, wat se wullen un mussen al lang kien Schuul mehr söken vör de Minsken – man dat harr hör noch nüms vertellt. Bi disse Gedank muss Heiko en bietje smüüstern. Blot so för sük, umdat dat, wat he vertellen kunn, beter ok nich höört wurr.

Wenn man van dat Fiskerhandwark nich mehr leven kunn, dann muss man doch noch anner Netten knüppen un utsmieten könen, harr he so bi sük docht. Un daarbi wassen hum de Urlaubers glieks weer in d' Sinn komen. Good, dat he vör 'n paar Jahr noch sien Garage umbaut un daarin 'n lüttje Ferienwohnung inricht harr. Van dat Weidland an de Butenkant van d' Haven, dat he van Opa arvt harr, kunn man upstünds ok kien Geld maken. Harr he docht, tominnst bit vör veer Week.

Daar harr sük wat verännert, un villicht kunn he in 'n paar Jahr ok meest sünner de Fiskeree leven. Vör veer Week harren se nämlich noch 'n Ehepaar ut Köln as Pensionsgasten hatt, un up en moje Avend was de Mann bi hum anstappen komen un harr mitmaal na Bauplatzen fraggt. Umdat he en Huus an 't Water bauen wull, wenn he up Renten kwamm in fievteihn of twintig Jahr. Heiko harr an dat Havenland van Opa docht un denn an de Urlauber seggt, dat he sük wall even för hum künnig maken wull.

Keen twee Daag later harr sien Jung Hilko sien Huusupgaven in d' Stuuv liggenlaten un Heiko harr sük bekeken, waarmit sien Hilko sük so alls befaten dee. As he daarbi uplest dat lüttje Plakat to faten kreeg, was hum de Idee komen. He begreep, dat sien Hilko dat Plakat sülvst utfunnen un utklamüüstert harr – för en neje Handy un en Firma, de dat heel nich gaff. Tominnst harr he noch nooit wat van de Mark „SingSang" höört, ok wenn man bi de jung Lüü un de Asiaten nooit recht wuss, wat se nu weer Neeis up d' Markt brochen.

„Och, Pa, laat dat doch liggen", harr Hilko ropen, as he hum so in d' Stuuv sitten sach. „Dat is doch uns Projektarbeid ut d' Kunstunnerricht!"

„Mann, dat lett ja so original un mooi, dat dat echt wesen kunn", see Heiko frünnelk. „Kunnst du för uns Ferienwohnung nich ok so 'n lüttjet Plakat tosamenstellen?"

„Dat is 'n Klacks för mi, Pa, un wi köönt de Flyers denn ok rechtschapen drücken laten", antwoordde Hilko stolt, „dat maakt mi nettso vööl Pläseer, dat ik överleggen doo, of ik dat nich studeren will, Design, weetst du?"

Man bevör dat Studium kwamm, muss eerst noch de Flyer drückt un in hör Ferienwohnung utleggt worden, de Vader Heiko sük nettakkraat utmalen dee. He harr de Gier in de Ogen van sien Pensionsgast noch good vör Ogen hatt. Un so harr Hilko en paar feine Biller van hör Havendörp rutsöcht un daarbi de Woorden schreven, de Heiko hum anseggt harr. Se harren d'r blot twee Stünnen för bruukt, un dree Daag later was de Flyer d'r al mit Post van de Internetdruckeree torügg west. Dat Faltbladd harr so vööl Anklang funnen, dat al dree van veer Gasten ut sien Ferienwohnung in de leste Weken up dat neje Konto inbetahlt harren, dat he hannig noch bi d' Sparkass inricht harr.

Heiko dee de Urlaubers nett dat anbeden, wat se hören wullen. Unner de Överschrift „Bauen am Wasser – in einem historischen Sielhafen" kunnen se sük up en Wachtlist inschrieven un dat Vörkoopsrecht up dat Land van sien Opa sekern. Maant för Maant mit 'n lüttje Bedrag of mit 'n „Flatrate", so as sien Jung dat up de Flyer nöömt harr. Wannehr un of dat Bauprojekt ooit tostann kwamm, wullen de Urlaubers in hör Gier gaar nich weten.

Man so faak, as se sük daaröver al in d' Gemeenraad in d' Klatten kregen harren, kunn Heiko daarbi good old un riek worden. Denn Hilko harr glieks dusend Faltbladen drücken laten, umdat dat so vööl billiger was.

Man disse *Spraak*
harren de Lüü woll
ok vergeten.

Kunnen Blömen doch wispeln

❧

K ien Loodje Wind gung dör de olle Straten. Um söven Ühr smörgens was de Lücht al benaut un fuchtig west. Waardöör de Schieven van de lüttje Blömenladen beslaan deen, kört nadeem dat Lastauto mit sien gele Nummernschiller afladen harr. Man dat was 't nich, wat Theresa in disse Tied bekümmern dee.

Mit de Sömmermaanten dreihden ok de mooiste Blömen in de privaate Tunen hör Koppen na de Sünn. Un bi disse Warmte harren de Lüü heel anners wat in d' Sinn, as in de oll Quarteer rund dat Raadhuus to komen un jüüst bi hör Blömen to kopen. Dat begrepen sogaar de Margeriten, Astern un Rosen, de langer in 't Water stahn mussen, bevör se in 't Papier wickelt un in de Börgerhusen utstellt wurren. Theresa harr dübbelt so vööl Wark, dat de Blömen hör Blössems nich hangen un hör Bladen nich fallen leten.

Wat good, dat dat Kunnen gaff, up de Verlaat was un dat hele Jahr over weerkwammen. Nett as de Studienrat in Ruhstand, de elke Middeweek en moje Blömenstruuß na de Graftstee van sien Froo hendroog. Of de Empfangsdaam van dat neje Hotel an d' Haven, waar de Gasten all dree Daag mit friske Blömen up de Fluren begrött wurren. Dat dee de Luun van de Minsken uplichten un gaff ok Theresa en good Geföhl.

Of un to kwammen d'r ok neje Blömenleevhebbers in hör lüttje Laden. Nich blot de Lüü, de noch hannig 'n Struuß of 'n Pottblöm up d' Visiet mitnammen. Un ok nich de jung Lüü, de dat Blömenbinden un Steken dör de vöölklörige Youtube-Filmtjes as Tiedverdriev för sük utmaakt harren – un hör blot hör Ideen oflusen wullen.

Se keek up hör Armbanduhr. Al weer Vördel na acht. Daarbi schoot hör de jung Froo in d' Sinn, de seker gliek, um halv negen, weer ut hör Reedereebüro anielt kwamm. Dat gung nu al siet Weken. So stüttig, dat se hör Klock un Kalenner daarna stellen kunn. Elke Dönnerdag um halv negen. Man se wuss nich, waarum de Froo de Iever andrieven dee un waarum se immer an disse Dag bit halv teihn de Blömen utlevern muss.

Schemerachtig lepen d'r verenkelt Gestalten langs hör Schaufenster, man mit maal floog d'r Scharr dör dat Sünnenlücht in hör open Ingangsdöör. Dat muss se wesen! Theresa dreihde sük um, un wahrachtig kwamm de jung Froo mit hör weihende Locken weer in hör Geschäft innaihen. En Gnifflachen full över dat hele Gesicht van de Froo un se dee so, as wenn se sük al lang kennen deen un Theresa genau wuss, dat se beid en Geheemst deelden.

„Hallo! Daar bün ik weer. Haast to laat, man een van uns Schippen liggt vör Singapur fast un daar muss ik noch eerst … , man nettgliek. … Vandaag sölen dat Rosen wesen!"

„Villicht disse roden, de ik nett frisk kregen hebb?", froog Theresa.

„Nee, lever nich so happig! Well weet", överleggde de Froo in hör düsterblau Kostüm, „beter de Blössems in Rosé daarachter! Un noch 'n bietje wat d'r umto."

„För dartig? Un weer an de glieke Adress bi 't Klinikum?"

„Ja, geern", antwoordde de Froo högelk un kraamde al in hör lüttje Knippke, wieldes Theresa de Blömen un dat Biwark in hör Hannen bünneln dee.

Weer gung sacht de Döörklock un Theresa sach en tweede Froo, sowat van datsülvig Oller, dör de Sünnschien na binnen lopen. So tomaal fullen hör de wacker un fragend Ogen achter de Brill up, man se was ok gliek innohmen van de Frömd mit hör upstoken Haar un hör fein Gelaat. Denn eerst sach se, dat de Froo in blaugrööne Kittelplünnen kledd was, so as of se nett ut 'n Praxis of ut 'n Krankenhuus utlopen kwamm.

„Denn koom ik woll nett recht. Hebb ik nich nettakkraat ohn Fliet höört, dat disse Struuß weer na dat Klinikum geiht?", froog de Froo un de Updraggeverske dreihde sük verfehrt um. „Ik wull al lang weten, well mi elke Dönnerdagvörmiddag de Blömen stüürt! Sünd Se dat?"

De jung Froo in dat Kostüm wurr heel verlegen, se mook hör Mund open, man kunn nix seggen. Theresa sach, wo se de anner Froo mit grote un verdrömde Ogen ankieken dee. So mooi was de, man noch mojer un warmer klung hör Stimm, ok wenn se hör nett to faten kregen harr. De Wiesders van de Klock fullen in en ewig Sett un nüms see 'n Woord.

„Merle, Se hebben de Kaart vergeten, de ik dit maal mit de Blömen verstüren wu…!", reep d'r mitmaal en Stimm. En jung Mann, Anfang veertig, kwamm in de lüttje Laden stört un leet mit sien Hand ok de lüttje Breevumslag sacken. Sien Gesicht wurr heel bleek un he stamerde: „Oh! … Dat hebb ik so nich wullt …!"

Man de jung Froo, de woll en Doktorske was, harr de Blömen al van de Töönbank nohmen un leet de Mann, de sien Slips nu düdelk to eng an d' Hals lagg, kien Wink mehr ut de Ogen. Nu kullerden hum ok noch de Sweetdrüppels in sien Baart. Man Merle, de sien Bürodaam to wesen scheen, knippoogde hum upmunternd ut de Achtergrund to.

„Fallen Se mi blot nich weer um, dat verdraggt Hör Hart nich, Herr … Cramer! Dat hebben wi doch al hatt", see de Doktorske, man al vööl minner hard.

„Vör genau sess Week hebben Se mi um disse Tied dat Leven redd, Frau Doktor, un mien Hart weer in Gang brocht …", see de Mann heel verlegen.

Theresa sach in hör Kopp tomaal de Rukelbusken vörbisweven, de se sietdeem na dat Krankenhuus henbrocht harr. Eerst de Struuß mit de Hortensienkoppen, denn de rode Nelken, de Gerbera, in de Week daarna de Lilien un denn de Margeriten. Ahnsk as he was, harr he hör dat in al de Weken doch heel düdelk seggt: Se harr sien Hart in Gang sett… Man disse Spraak harren de Lüü woll ok vergeten. Tomaal wurr ok Theresa heel benaut. Dat lagg seker nich an de Sömmerwarmte un dat dürs noch heel lang düren.

Dat sünd ja al de
Gendarms.
Well hett de dann ropen?

De Överfall

S e harr al beter Tieden sehn in hör Leven. Man daaröver wull Sara Butendiek nich mehr nadenken. Denn wurr se blot weer bedröövt un att van de lecker Saken, de hör nich good deen. Siet Wilko hum dör d' Quitten haalt harr, muss se stark wesen. Noch vööl starker as vördeem. Wo geern se en lüttje Familie gründt harr … mit hum! Se beet sük vergrellt up d' Unnerlipp.

Man he muss ja de neje Kollegin in d' Bless lopen up sien Ingenieurbüro, daar in Westersted'. Marleen, wenn se de Naam al hörcn dee! Ut 'n rieke Ollenbörger Familie un nett as ut de Billerbooken, de ok bi hör an d' Supermarktkass stunnen. Un nu wassen de beid al na Hambörg umtrucken. Na Hambörg!

Un se? Se kunn de Dübbelhuushälft, waar se to Hüür leevt harren un se so glückelk west was, nich mehr hollen. Se wohnde nu weer up 't Dörp, in en heel lüttje Hüürbuud! Se, de lüttje Kassiere-rin ut d' ALDI-Markt in Nüttermöör. Mit hör Stee in d' Discounter kwamm se nett so över d' Run-nen. Mennigmaal wuss se nich, of se dat mit de Wohnung un hör lüttje Auto överhoopt vörnanner hollen dee. Daarbi harr se ja noch Arbeid. Un of un to gung se ok noch hen to Schummeln bi de ollerde Lüü in hör Naberskupp. Swart un ohn Pa-pieren. Dat hulp.

Man günnen kunn man sük as jung Froo heel nix mehr. Alleen de Schauspöleree up d' Hei-maatbühn gaff hör noch 'n bietje Stöön un Plä-seer. Aver tegen so een as Marleen kwamm se nooit an. Se muss nu, nett as fröher, weer elke Euro tweemaal umdreihen. Man hör Ollen wull se nich um Geld fragen. Daarför was se to stolt.

Se was 'n Froo van Formaat, man nich de Slankste. Wo harr se sük freit, as se Wilko vör dree Jahr kennenlehrt harr. He was immer de leste Kunn west. En Student, de hard an sien Diplom arbeiden dee. En spaßigen Fent, de immer licht verslapen ut sien Klüsen kieken dee un en bietje unpraktisch was in 't dagelisk Leven. Dat harr se dann övernohmen för hum. Bit, ja bit disse Froo-minsk ut Ollenbörg vör fiev Maant as sien Assis-tentin anfangen was! Kört daarna harr se ok weer neei anfangen musst. Nich up 'n neje Arbeidsstee, man in hör Leven.

Weer leep en lüttje Traan över hör Wang un se argerde sük, dat se bi disse Gedanken al weer 'n

Stück van de Zuckerlaa nohmen harr. De hulp hör blot för 'n Ogenslag, man dee nix för hör up d' lang Sicht! Se muss nu ok weg, harr heel keen Tied, bedröövt to wesen. Na d' Arbeid un vördeem noch hannig na d' Sparkass.

Twintig Minüten later parkte se hör lüttje rosa Auto vör de Bankfiliaal un was noch heel in Gedanken, as se al vör de Geldautomat stunn. Hopentlik was hör Gehalt d'r al. Man de Automaat dee, waarup he programmeert was, un nich, wat se wull. 190 Euro dee he noch utspejen, dat was 't all. Man de Reken van d' Autowarkstee was mehr as dübbelt so hoog – un fällig. Sara was heel in Brass, as se dör de nächste Döör in d' Schalterruum leep. Villicht kunn se doch al 'n bietje mehr vöraf kriegen. Se stoppde nett de Schiens in hör Handtaske …

Denn stunn mit 'n Maal de Mann mit sien swarte Kapuuz un 'n Revolver vör hör!

„Dit is 'n Överfall! Sett di daar up d' Grund un fang nich ok noch an to gilpen!", reep he. „Nee, wacht noch even…", denn leep he up hör daal, immer mit de Revolver in Anslag. He keck sük noch maal um, denn greep he na hör Handtaske!

Hör Hart fung an to puckern, so hard, dat hör tomaal slecht wurr. Se sach dree anner Kunnen, de an 't Grund laggen. Se was doodsbang, man to glieker Tied spöörde se ok 'n gehörig Wut in sük. ‚All weer 'n Keerl, de di 't all nehmen will', doch see un beet up de Tannen. Denn greep se de

Reem an hör Schuller un namm de Taske van d' Arm. Se holl Swung un naihde de Bankrover de Taske eerst mit links över sien utstreckt Arm. Sien Revolver flog daarup dwars dör de Lücht un glee over dat Parkett. De Rover wuss gaar nich, wat hum överkwamm. Denn feegde de Taske al weer van d' rechte Kant torügg, de Verbreker pielliek an d' Kopp. He harr kien Tied mehr to jöseln un gung buten Benüll an de Grund.

Sara was immer noch leep in Fahrt, as se achter sük Stück of wat Schoh klappern höörde. Se dreih sük um un hool deep Aam. ‚Dat sünd ja al de Gendarms. Well hett de dann ropen?', froog se sük. Man denn twiefelde se. De kennde se doch. De jung Froo un de Fent in hör swarte Packjes. Besünners de stattlich Keerl mit sien flegende Mantel un sien Stoppels up d' Kopp. ‚De kenn ik ja ut Feernsehn. Dat is doch … Brocki! Ut de Krimifilms, de hier in Leer spölen.' Denn höörde se en heel luude Stimm achter sük: „Schnitt!"

Se dreihde sük weer um un eerst nu sach se de Schienwerfers un de Kamera. De Bankrover berappelde sük un ok de Geiseln kwammen gau weer to Been. ‚Wat hebb ik blot daan?', gung Sara en brannende Fraag dör de Gehögen. Man mehr Gedanken muss se sük nich maken. Umdat en jung Mann mit 'n plaat Mütz un en Kopphörer um sien Hals hannig up hör to leep.

„Das war ja großartig. Genau das hat diese Szene gebraucht", graleerde he hör un stellde sük as

Regisseur van dat Spill vör. De Schriever van dat Dreihbook harr sowieso kien Künn van Humor, meende he.

Denn boot he Sara unverwacht en Rull in sien komende Film an. Wo faak haar se hör Best geven in de Stücken up d' Heimaatbühn. Nüms harr hör Talent sehn. Nu harr se blot Angst un Wut in 't Leven hatt un wurr tomaal utmaakt! Se twiefelde. Man se muss glieks hör Adress bi de Filmfirma angeven un kreeg 'n Scheck in d' Hand drückt.

As se uplest fiefteihn Minüten to laat de Super-markt-Kass opensloot, lagg en Gnifflachen up hör Gesicht. Mit de dreehunnert Euro, de se nett verdeent harr, kunn se hör Reken betahlen, un in sess Week wurr se in Köln verwacht, för en Ofspraak. Villicht mit en neje Leven.

Abud ... haalde denn een
dickerde Stück Papier.
... Dat sullen se anmalen
un van Strand de beid
mooiste Mussels halen.

De papiern Döös

□

Siet Sofie mit hör Ollen up dat Eiland komen was, schenen hör Dagen to heet wusken to worden. So stellde se sük dat tominnsten vör. Nett as hör Büx, de dat grote dreihende Oog van de Waskmaschien körtens wall weer utspeeit harr, man heel inlopen un vööl to kört. So fehlde ok an hör Dagen hier up Langeoog 'n heel Enn, umdat d'r alltied so vööl to beleven was.

Vör twee un halv Maanten was se bovendeem noch in de eerste Klass van de grote Inselschool komen. Un siet de Dag harr se ok en neje beste Fründin. Elani un se kunnen verschedener nich wesen. Daarbi was nich blot de Naam van dat Wicht besünners. Sofie was gliek hör swarte Haar upfallen. So krullerig un so lüstig innanner verdreiht, as se dat noch nooit vördeem sehn harr.

As de ,twee neje Kinner up de Insel' kwammen se futt in een Bank to sitten, un Sofie was heel tofree daarmit. De Wichter in hör direkte Naberskupp wassen all 'n paar Jahr oller of junger. Man Elani tellde nett as se sess Jahr, un se harr hör ok gliek inladen för de sülvigste Namiddag, up en Ies. „Man blot en lüttjet", harr se seggt un lacht.

Elanis Vader Abud was vör acht Jahr ut Afrika komen un heel blied west, uplest up Langeoog en neje Arbeid to finnen. In sien Gesicht fullen Sofie futt de grote lachende Ogen up, man noch mehr de Mund, de heel nich uphollen kunn mit dat Lachen. Dör de Farv van sien Huud strahlden sien Tannen noch mehr, un ok de Kugels, de he van de klörige Iesblocken mit sien Tang schillen dee, schenen to lüchten, wenn he disse an sien Kunnen wiedergaff.

„Mien Vader is de beste Iesverkoper", prahlde Elani, „un he weet immer Raad un kennt de beste Klookheiden ut sien oll Heimaat." So harr allens anfangen, un elke Dag dürsen sük de beid Wichter en lüttjet Ies bi de Diel ofhalen, waar Elanis Vader instellt was. Ohn, dat dat sien Baas vööl utmaken dee bi all de Urlaubers, de d'r ohn Unnerlaat Ies kopen wullen.

Sofies Vader was intüsken sien egen Baas, hier up dat Eiland. Man he harr ok sture Tieden achter sük in de grote Stadt, waar se hum bold gar nich to sehn kregen harr. Alltied muss he bi sien Firma arbeiden un verreisen un weer arbeiden – un was daarbi alltied smaler un kranker worden. Mit hör to spölen, harr he haast nooit Tied hatt. Un ok hör Moder, de van de Insel stammen dee, was nich glückelk worden in Hambörg. As se denn in d' leste Harvst to Besöök bi hör Oma un Opa up Langeoog west wassen, harren se all tosamen överleggt, of dat nich ok anners kunn. Vör söven Maant harr hör Vader sien Café openmaakt un versörgde smörgens mit sien egen Backovend bito noch vööl Hotels un Ferienhusen mit Backwark. Un hör Moder greep Oma un Opa gehörig bi de hör Ferienwohnungen unner d' Arms.

Dat gaff Sofie un Elani gliek na de Huusupgaven 'n paar freje Stünnen, Stünnen för neje Aventüren, so as se seen. Un mit hör lüttje Raden fuhren se hen un weerdenn van een Enn na 't anner van dat Eiland. Överall gaff dat wat uttofinnen of to beleven. Un so vööl Weer as hier was Sofie nooit ehrder tomöötkomen.

Annerlestens was dat daarbi ok maal gefahrelk worden. Sofies Moder harr hör noch wahrschaut, man se harren nich up hör höört un wassen 'n heel Enn na Oosten radelt. Dat was ok noch goodgahn, un se wassen up 'n lüttjen holten Utsichtstoorn klautert un harren sük wied umkeken. Man up de Tour torügg was dat hanniger düster worden as se dochen, un de eerste Harvststörm harr hör sien quaad Visage wiest. De Wind snee as 'n Pietsk dör de Lücht. Un de lüttje Regendrüppen daar bito stoken hör nett as lüttje Nadels in Gesicht un Hannen. Do harren se dat bannig mit de Nood kregen, wassen achter en dicke Busk kropen un weren düchtig anfangen to brullen in hör Schuul.

Mit 'n Maal wassen d'r Autolüchten up hör daal-komen, un se harren hör Namen ropen hööt dör de Störm. Uplest was Opa hör mit sien Tasken-lamp tomööt komen, un tosamen mit dat Füürwehrauto wassen se all weer na Huus fahren. Wat good, dat Opa smiddags slumps mithöört harr, waar se hen wullt harren. Moder, Vader un ok Abud harren Halswark, um allens unner 't Dack to kriegen un so nich maal ahnt, dat se doch los-zuckelt wassen.

Umdat se Opa danken wullen, dat he hör ut dat Unweer reddt harr, dochen Sofie un Elani över en besünner Geschenk för sien Gebuursdag na. Vööl Geld harren se nich in hör lüttje Knippkes, man Elani meende, dat dat daar ok nich immer up an kwamm. Eerst maalden se beid, so good as se nur kunnen, en heel mooi Bild van Opa, un Sofies Moder harr noch twee Billerrahms över, waarin se de Biller fein faten kunnen. Denn harren se noch de Idee, för Opa dree Goodschiens to schrieven. Man dat was noch nich besünners genoog.

Daarum froog Elani hör Vader. Abud doch daarover kört na un haalde denn en dickerde Stück Papier ut dat Büro van sien Baas. Dat sullen se anmalen un drögen laten un van Strand de beid mooiste Mussels halen, de se blot finnen kunnen. Een Dag later brochen de beid Wichter hum dat bemaalde Bladd un ok noch de Mussels. He greep na en Pottlood un Lineal, na en Scheer un na de Liem, un binnen van en Vördelstünn harr he de feinste papiern Döös ut dat dicke Bladd förmt. Daarin leggde he de Musselschillen, un denn snee he noch twee lüttje Papieren un flüsterde sien Dochter in 't Ohr, wat se daarup schrieven sull. Achterna stook he de follden Zedels in de Mussels un sloot de Decksel.

Denn kwamm Opas 69. Gebuursdag un he kreeg de papiern Döös in sien Hannen leggt. Unner de grote Ogen van Sofie un Elani mook Opa de Schachtel heel vörsichtig open. Denn leesde he de twee Worden „Tied" un „Gesundheid", de up de lüttje Zedels schreven stunnen. „Mien Pa seggt immer", verklaarde Elani, „dat de Lüü van hier de Uhr hebben, man dat wi Afrikaners de Tied hebben. Un mehr as Tied un Gesundheid kann man en Minske nich wünsken: För allens anners muss he sülven sörgen." Hierup leep en lüttje Traan dör Opas Gesicht, man he see mit en Lachen: „To disse Fründin kann ik di blot graleren, Sofie: Van hör kannst du noch vööl lehren." Un denn sloot he de beid Wichter in sien Arms.

*Man würrelk proten kunn
man bold mit nüms mehr,
tominnst nich mehr mit 'n
Minske ut Fleesk un Blood.*

De Automaat

***

Wenn he de lüttje swart-witte Facken beoogde, harr he al dat Geföhl, in 'n Labyrinth verloren to gahn. Daarbi wassen de QR-Codes, as se sük nömen deen, ja nich maal dat Slimmste. Annohmen, dat sien Handy dat Fackjegewimmel rechtschapen upfaten un hum denn na de passende Internetsied wiederleiten dee. Sien Dochter Nele harr hum dat inricht un wiest. Man de Technik un de Moden daar umto hullen nich up, blot umdat hum dat nett gadelker to was.

Enno Leemhuis harr al 'n Bült lehren musst, sietdeem de Computeree ok sien Arbeid in d' Warkstee up d' Kopp stellt harr. He harr noch mit 'n Lientjebredd un 'n Pottlood sien eerste Tekens in d' Beroopsschool maakt. Wo lang was dat her? Un gaff dat överhoopt noch Pottloden? Papier wurr daartegen verbruukt as nooit vördeem.

Wenn he allennig an de Breven doch, de hum sien Energieunnernehmen körtens tostüürt harr.

Well kweem al mit de Bargen van Tahlen torecht? Un denn harr he eerst sien hele Daten up 'n Online-Plattförm överdragen musst. Umdat dat denn hanniger gung un se de Umwelt wat Goods doon wullen un Papier insparen. Nu leep dat online, van wegen noch anropen of schrieven. Harr he docht. Twee Weken later avers wassen daar 'n paar dicke Breven komen mit sovööl Papieren d'rin as nooit vördeem.

Dat gung alltied gauer un wurr immer bunter. Man ok verdreihter. Egaalweg wassen de Lüü an 't Schrieven of an 't Prootjen in de lüttje Apparaten, de ja, dat Seggen na, haast allens kunnen. Man würrelk proten kunn man bold mit nüms mehr, nargends, tominnst nich mehr mit 'n Minske ut Fleesk un Blood.

Wat good, dat de Kuntakt mit sien beste Fründ Manfred nich ofreten was in all de Jahren. Ok wenn de un sien Froo vör dree Jahr hör Kinner na Bremen natrucken wassen. Doch kwammen se all paar Weken noch binanner, of Enno fuhr in de Hansestadt, wenn sien egen Froo kien recht Lüst harr – of, so as dit Maal, to Kur was. Vörmiddags harr hum sien Dochter up hör Fahrt na Hambörg in Bremen ofsett, un he harr 'n heel mojen Dag mit Manni verbrocht. Manni harr för vööl Dingen in disse Welt ok bold kien Woorden mehr. As dat al sess Ühr dör was, gung dat weer up d' Heimaat an. Daarför bruukde Enno nu blot noch 'n Fahrschien. Man dat Büro van de Bahntjers heel vörn in d' Bahnhoff was al sloten. Denn muss he sük even mit een van de Automaten utnannersetten. De Bahnhoff was al haast leeglopen, un as he murk, dat de Apparaat nich dat verstunn, wat he hum ingeven wull, was daar nüms, de he fragen kunn. Man he was ok an en Automaat raakt, de eerst vör 'n paar Daag upbaut worden was. En hoogmoderne Wunnerkast, en Testmodell, de mit de Passagieren of de, de dat worden wullen, ok proten kunn. De Bahn versprook sük hierdör noch kunnenfründlicher to worden, umdat se de Technik gadelker uptreden leten.

Man as Enno to 'n eersten Maal de blicken Froenstimm hören dee, verfehrde he sük doch bannig. Ohn dat he dat wull, harr he tofällig de Spraakfunktion inschalt.

„Guten Tag, was kann ich für Sie tun?“

„Ja, wat woll“, brummde Enno in sien Baart. „Ik bruuk 'n Fahrkaart!“

„Ich verstehe Ihre Antwort nicht! … Do you want to speak English?“

„Nee!“, reep Enno luud.

„Also: Nein?“

„Jaah!“, see Enno mehr as düdelk.

„Wünschen Sie eine Verbindungsauskunft oder eine Fahrkarte?“, froog de Froo ut de Maschien.

„Fahrkarte!“, see Enno hannig.

„Was ist Ihr Reiseziel mit der Deutschen Bahn?“

„Ja, wenn Sie so fragen: nach Haaause!"", antwoordde Enno, man dee sük gau besinnen.

„Nee, ich meinte: nach Aurich!"

„Aurich?", froog de Computer-Stimm.

„Ja genau, da wohne ich!", see Leemhuis upgereegt, umdat he up de Tafel al lesen dee, dat de Regio-Zug na Leer, Emden un Nörddiek al in veer Minüten losfuhr.

„Aurich gehört aber nicht zum Strecken-Netz der Deutschen Bahn. Der Bahnhof wurde Anfang der 1990er Jahre aufgegeben. Sie könnten bis Leer fahren mit dem Regionalexpress mit der Nummer RE 56…", belehrde hum de Automatenstimm.

„Ja, denn seegt doch to", reep he vergrellt, „dat ji d'r weer 'n Bahnhoff henkriegen doont!" Denn hool he noch ut un gallerde hevig mit sien rechte Hand tegen de Automaat an. Man nix geböhrde un schüddkoppend gung he to.

Dree Minüten later was he an d' Bahnstieg un stappde driest in de Zug Richtung Nörddiek. Sünner Fahrschien. Man de höövde he ok nich vörwiesen. Toeerst harr he sük benaut hensett un docht: ‚Swartfahren mit 65! Dat kann ja noch wat geven …' Bit Ollenbörg harr he noch up en Schaffner luurt. Man so löss, as de Zug um disse Tied was, lohnde dat seker ok nich mehr, dat d'r noch 'n Kontrolleur dör de Abteilen weihen dee. Westerstede un ok Augustfehn trucken an hum vörbi. Eerst heel kört vör Leer, waar he utstiegen wull, duukde in d' Feernte van de Waggon en Froominske in 'n Bahntjerwest up. De Zug wurr al sachter, umdat he stracks in de Bahnhoff inleep. Enno Leemhuis week hör ut un gung na de nächste Döör. Dat Geld kunn he sük sparen. För dat Taxi, dat hum glieks nu na Auerk brengen sull.

> *Of was dat kien*
> *Grapp*
> *was hör würrelk*
> *wat tostött?*

Oma Lina kummt in Fahrt

―――― ❈ ――――

U p Oma Lina leet Marike nix komen. Was se nu ok sülven al en jung Froo, de midden in 't Leven stunn: mit hör Utbilden in d' Aptheek achter d' Rügg un mit Hilko glückelk an hör Sied. Doch kwamm Oma Lina mit d' Zug van Ollenbörg, denn wassen dat noch immer Fierdagen för hör.

Vandaag was weer so 'n Dag, un Oma Lina wull van disse Freedag an över 't Wekenenn in Nörden bi Marikes Ollen blieven. Alls was ofproot, man as Marike disse Sömmernamiddag mit hör Auto up de Parkplatz van de Nörder Bahnhoff brusen dee, scheen all hör Iel haast umsünst. Se was noch hannig na de Gleisen lopen, denn harr se ok al de E-Lok sehn un dat Bremsen höört. Nörders un Touristen guusden dör de Waggondören na buten. Un Marike gröttde de een of anner, de se weerkennde. Man as de Zug wieder na Nörddiek rullde, full alleen de Scharr van Marike up d' Bahnsteig. Van Oma Lina was d'r kien Spoor.

Marike was verwunnert, man in de glieke Moment ok naar besörgt. So kennde se hör Oma nich, wurr se nu ok bold al 78. Hannig kraamde Marike in hör lüttje Handtaske un funn glieks hör Mobiltelefoon. Man dat lüttje Handy van hör Oma leet sük blot kört hören, un en Stimm see denn, dat Marikes Tegenöver nich to erreichen was. Wat was mit Oma Lina geböhrt? Wat was hör överkomen? Ok up en SMS reageerde Lina ditmaal nich. Marike reep bi hör Moder an, man de harr ok nix van Lina höört.

De jung Froo settde sük uplest in hör lüttje Auto un wählde een um 't anner Maal de ofspeichert Nummer van hör Oma. Man Lina sweeg stillweg. Dreev Oma weer Malljageree mit hör? Satt se al lang in dat neje Iescafé in Nörddiek, waar se vannamiddag noch henwullen, un reep hör gliek mit hör lachend Stimm an? Of was dat kien Grapp, was hör würrelk wat tostött? Marike wurr heel flau. Wat kunn se nu am besten unnernehmen? Waar hör Oma finnen? De Streck van Ollenbörg na Nörden was lang. Marike överleggde un besloot denn, bi de Krankenhusen langs de Iesenbahngleisen antoropen. Man nüms harr en Lina Görtemaker upnohmen. Dat bedaarde Marike 'n bietje. Man wo nu wieder? Uplest leet se de Motor an un fuhr in Richtung Mainhaaf. Man ok daar, an de lüttje Bahnstee, was Oma nich to sehn.

Of se woll well truffen harr, de Tied vergeten un mit disse well an 'n anner Stee utstegen was? Marike settde sük weer in hör Auto un fuhr unrüstig wieder. Dicht bi de Emder Watertoorn kwamm se en halv Stünn later vör d' Bahnhoff an. Marike keek

sük um, sach de utstellt swarte Lokomotive, de par-
kende Autos un leep weer na de Bahnsteigen. As se
bedröövt torüggkwamm un up hör Handy keek, was
dat al kört na veer. Tomaal klingel dat Dingerees un
Marike sach noch en unbekennt Nummer ut Leer
uplüchten, bevör se de lüttje grön Hörer drückde.

Of se Marike Harbers was, wurr se van en Beam-
te van d' Leeraner Polizeistation fraagt un of se en
Lina Görtemaker kennen dee. „Oma!", reep Marike
upgereegt in de Hörer, waarup de Mann an 't anner
Enn van de Verbindung see: „Wenn dat so is, dann
halen S' hör man even bi uns of. – Hör Oma maakt
uns nämlich nett rütt!"

***

Upgereegt stüürde Marike hör Auto na Leer un
weer 'n halv Stünn later wurr hör de Döör na de
Verhöörkamer in 't Kommissariat openmaakt. In
de Ruum satt nich blot Oma Lina. Ok en Gendarm
in Uniform, de hör düll ankeek un bovendeem en
ollerde Froo tegenöver, de still in hör rosa Tasken-
dook inhuulde. Un denn satt d'r noch en vörnehm
Heer in en besünnern Anzug tegenan, de de hele
Tied sien Kinn dreihde, so as of he nich wuss, wat
he hier överhoopt to doon harr.

„Nee, Kinner, Marike", reep hör Oma, „nu laat mi
doch eerst even vertellen!"

„Se vertellen hier ja al 'n Dreevördelstünn, Froo
Görtemaker, man well sall Hör dat denn all glöven",
gung de Beamte groff tegen hör an. Man Oma Lina
leet sük nich oflenken:

„Dat was nämlich so", settde se mit hogen Sücht weer an. „Vanmiddag harr ik al so 'n Grummelee in 't Maag un daarum bün ik, wieldes de Zug van Ollenbörg offuhr, fakerde maal upstahn un hebb mi 'n bietje de Benen vertreden. Do kwamm ik van Maal to Maal bi disse feine Heer hier vörbi. – Mag de leeve Hemd weten, wo de würrelk heten deit!"

„Aber ich darf doch wohl bitten", veriever sük de ansproken Mann, de Marike up sowat fievtig Jahr schätzen dee. „Das ist doch unerhört, ich habe Ihnen meinen Ausweis doch längst vorgelegt."

„De Fraag is blot, welke!", leet Lina Görtemaker sük snipp vernehmen. „Ik hebb nämlich mithöört, wo he mit sien Ruseree gliek nananner mit veer verscheden Froolüü telefoneren un elke Maal mit 'n anner Naam van sük proten dee. Harald, Jüürn, Gisbert of Gregor, kwamm d'r gaar nich up an! Un denn hett he noch mit 'n Autohuus proot: över 'n neje Porsche! Dat harr ik gliek in d' Luur. Man ik gung in mien Waggon torügg – un well steeg daar in Augustfehn in uns Zug? – Mien oll Fründin Thekla", waarbi Oma mit hör Duum up de brullende Froo an hör anner Sied wees. „De hebb ik al siet zig Jahr nich mehr sehn! Un wi hebben uns gliek so ewigsmooi unnerhollen, as wenn d'r gaar kien Tied verstreken was sietdeem."

„Froo Görtemaker, ik much Hör beden!", see de Polizeibeamte, de mit sien Pottlood al lüttje Pistolen up sien Block ruffeln dee.

„Ja, Ji Penntjelickers stellt Jo dat immer so mooi vör!", leet sük Lina nich bedaren. „Tominnst hett

Thekla mi inladen, mit hör in Leer uttostiegen: Se wull sük daar nämlich to 'n tweede Maal mit so 'n Mannsbild treffen un was sük nich heel seker. Wi bestellden al maal 'n mooi Tass Koffje un 'n rejaal Stück Kook. Un wat menen Se, Heer Kommissar, well d'r denn am Enn upduken dee? – Disse Keerl daar, de Mooidoner, de Maiaap!"

„Ja, man nun hört sich doch wohl alles auf …", reep de Heer mit sien akkeraat torüggkämmt Haar.

„Un", vertellde Oma Lina wieder, „denn hett de feine Heer Gregor hier uns wat vörsett! Dat he nett mit sien E-Bike herradelt komen was van Warsings-fehn, waar ik doch genau wuss, dat he siet Ollen-börg in uns Zug seten harr. Un denn was he ja so besörgt west na hör eerste Rendez-vous un daarbi schoov he en Tablettenschachtel över d' Tafel. He was ja Aptheker un daarvan dürs se mit hör Hartlie-den doch elke Avend gerüst twee Tabletten nehmen! Wenn se eerst traut weren, denn wull he noch mehr Goods doon. Do wull ik di al anropen, Marike, man mien Handy was tomaal weg: Do hebb ik Moord un Brand brullt un luud na d' Polizei ropen!"

Marike mook grote Ogen un see denn, an Thekla wennt: „Wenn Se dit hoogdoseerde Kaliumpräparat langer nehmen doon, gode Froo, denn komen Se na hör nächste Rendez-vous wiss nich mehr hen, to-minnst nich lebennig!"

Thekla huulde nu unversehns so luud, as wenn se keen Gott un keen Gebodd mehr kennen dee. Un Oma Lina gaff de upblasen Gregor so 'n Stööt in de Ribbens, dat he upsprung un daarbi en Handy ut sien Jack full un denn över de Grund susen dee.

„Dat is ja dien Telefoon, Oma!", wunnerde sük Marike, de dat Handy tegen d' Foot anfloog.

„Ich hab doch gewusst, dass Sie mir in die Quere kommen, Sie neugieriges Weibsbild! Da hab ich eben gleich Ihr Handy einkassie...", pulterde unnerwiels de feine Heer un kreeg tomaal 'n Kopp as 'n Kuler.

***

„De düvelste Heiratsswindler hebben wi even dat Handwark leggt, wa Marike? Well weet, well de wall all up d' Karkhoff liggen hett mit sien Pillen", freide sük Oma Lina, as se tegen Avend na Nörden fuhren. „Up de Schrick bliev ik glatt noch 'n paar Daag langer bi jo!"

Marike keek hierup hör Oma an un glimmlachde, as se sük weer up de Straat kunzentreerde.[1]

[1] Diese Erzählung entstand als kleine Hommage an die großen plattdeutschen Erzähler der Vergangenheit. Konkret dachte ich bei der Niederschrift an Wilhelmine Siefkes' humoristische Kurzgeschichte „Tant' Remda in Tirol". Diese war erstmals im „Ostfreeslandkalender" für 1956 erschienen und wurde mir 2013 von Johann Haddinga (1934 – 2021) zum 100. Geburtstag des grünen Jahrbuchs erneut ans Herz gelegt in seiner Auswahl der zehn besten Texte aus zehn Jahrzehnten. Nachzulesen ist sie deshalb erneut gewesen im „Ostfreeslandkalender 2014", von S. 89 bis 96.

De jung Lüü un Ufke sallen de Burkeree umkrempelt hebben, up Gemüüs- un Bio-Anboo.

Dat Burenhuus an 't Enn van d' Welt

❦

Bi all de Minsken, de ik in mien Leven kennenlehrt hebb, is d'r nüms as Ufke Weber. So 'n Originaal un egen Minske lett sük nich noch 'n Tweede denken. Ok wenn ik hum haast nich kennde, egentlik mehr van 't Hörenseggen. He is ok twintig Jahr oller as ik. As jung Fent was he ut sien Lehr in 'n lüttje Smederee lopen un is denn rund de halve Welt trampt, na Paris, USA, Südamerika un Indien. Över Jahren hen. Van all sien Diedeldentjes un Muusnüsten in d' Kopp will ik gaar nich eerst anfangen.

Siet good fievundartig Jahr leevt he nu weer in Oostfreesland, um 't genau to seggen up de lüttje Plaats van sien Ollen tüsken Spetz' un Strackholt – in Grootfehn. Dat Gulfhuus liggt leep achterof, un wenn man 't nich kennen deit, denn mutt man d'r bold tegenanstöten. Aver dat is ok eerstmaal nettgliek. Tominnst vertellden se in 't Dörp, dat he mit 'n Froo van d' Bagbander Markt na Huus komen was. De harr al twee Jungs un en Wicht mitbrocht, un wat later stellde sük rut, dat he ok al Kinner harr, tominnsten een Dochter. Mit de Burkeree, de he van sien Ollen övernohmen harr, gung dat mehr slecht as recht, man denn leevden se för Jahren in so 'n Patchworkfamielje mit de Ollen tegenan in 'n lüttje Ollendeel.

Vör dreeunhalv of veer Jahr kwamm denn de grote Knall. Sien Froo wull mitmaal ut Oostfreesland weg un van hum noch vööl mehr. Se is denn na Spanien utwannert, na 't Seggen mit 'n neje Mann, de se in 't Internet kennenlehrt harr. De Lüü in 't Dörp hebben denn vertellt, dat Ufke daarmit heel nich torechtkomen dee. He wurr all verdreihter, seen se. Irgend wennehr sünd denn ok de Ollen stürven, un uplest hett he sogaar sien Burkeree overgeven un all sien Veeh, daarunner veertig Kohjen, verköfft. Blot sien oll Jagdhund dürs noch bi hum blieven up de Hoff. Man dat düür nich lang, denn dee sien Dochter weer upduken, de intüsken in d' Grootstadt studeert un al Jahren arbeidt harr. Man se was nich allennig komen, an hör Hand en jung Keerl mit Baart un lang Haar. Un sietdeem sall d'r weer Leven inkehrt wesen up de Plaats: De jung Lüü un Ufke sallen hör Mauen upschörtjet un de Burkeree umkrempelt hebben, up Gemüüs- un Bio-Anboo.

Dat was alls, wat ik wuss, bit ik körtens 'n grotere Radtour unnernehmen dee un heel dicht bi de oll Plaats tomaal nich wiederkwamm, umdat mien Reifen stückengahn was. Ik begreep gaar nich, wo dat angahn kunn, ik harr dat Fahrrad eerst vör 'n paar Maant köfft, mit Reifens, de ,nich mehr kött kunnen', as de Hannelsmann mi verklookfiedelt harr. Ik satt nett up mien Knejen, as tomaal 'n Trecker antuckern kwamm un bi mi anhollen dee. Ik sach eerst blot de gröön Stevels un de Manschesterbüx. Man as ik umhoogkeek, wuss ik gliek, well daar in dat halvsleten Karohemd vör mi stuun.

„Hest 'n Platten? Sall ik di d'r even 'n Flick upsetten?", froog mi Ufke frünnelk. Daartegen was nix to seggen, un so schoov ik mien Rad denn na sien Hoff, waar wi bold in de oll Klüterwarkstee van sien Vader stunnen. Ik stellde mi vör, man he wuss al lang, well ik was. „Du lettst nett as dien Vader, man van dien Moder hest du de Mund un de Allüren", smüüsterlachde he.

As he anfangen was, de Reifen oftotrecken, froog ik hum, wo dat denn so leep in de Burkeree.

„Bi de meesten sücht dat balkedüüster ut", see he. „Eerst hebben se de inseten Famieljenbedrieven unrentabel maakt mit hör veertig, fievtig Deren. Denn musst du miteens 120 Kohjen hebben un vandaag al tweehunnert. De reinste Agrarfabriken worden dat, un nu sall dat all hannig Bio worden!"

„Ja, man wo geiht jo dat?", wull ik weten.

„Uns geiht dat leep good", see Ufke un lachde. „Un daarbi brengen wi uns nich maal um. – De Lüü seggen immer, ik was verdreiht. Man ik bün nich dösig – un dat is 'n gewaltigen Unnerscheed! Siet tweeunhalv Jahr sünd wi nu Ackerburen, mien Dochter Imke, Tobias un ik, un wi verdenen vööl Geld mit de oll Soorten van uns Sadereen un denn noch mit de ‚gröne Kisten' mit Saisongemüüs. De verkopen wi fievmaal so düür as uns Konkurrenten un doon d'r noch 'n bietje Eer mit in d' Karton, dat dat ok gliek na 't Land ruukt! De Lüü sünd so verrückt na Bio, daar hebben wi 't all up een Kaart sett, so lang as se noch kien Gemüüs ut hör schitterige Dree-D-Drückers uthalen köönt. Nich mit Mettwurst na d' Schink smieten, du musst gliek na de hele Schink griepen! – Wat meenst du woll, wat för 'n fein Auto ik up d' Döskedeel stahn hebb."

Man ik sach kien Hofladen, blot 'n heel Stapel Kartons un Papierpüten, de tegenan up en Tafel laggen. As wenn he mien Gedanken lesen kunn, vertellde he denn: „Mit 'n Hofladen wull ik nich anfangen, dat was to düür, un ik wull nich de hele Dag achter d' Töönbank stahn. Imke hett uns denn 'n nobel Internetsied tosamenklütert, uns Versandhannel upboot un in de soziaale Grootstadt-Kanalen bekannt maakt. Man denn wurr se doch bang. ‚So küüs, as de daar in Frankfurt of Berlin sünd, Pa', see se, ‚de stüren uns doch all weer torügg, wat nich bleiht of smeckt! Daardör verlesen wi doch dat meeste Geld!' ‚Daarum bruukst du di nich to sörgen, mien Wicht', hebb ik denn seggt un hör en ollerde Geschicht vertellt. Hier in d' Gemeen gaff dat fröher nämlich dree Straaten mit de glieke Naam, un de Postboden hebben de Adressen faak nich funnen of dörnannerbrocht. Denn hebben se van d' Gemeen twee Straaten umnöömt, daarunner ok disse. Man se hebben bit vandaag vergeten, dat ok an Google dörtogeven. Vör 'n paar Jahr satt ik savends an d' Computer un hebb weer 'n paar Kalver anmeldt bi 't Veeh-Register, un do doch ik, dat ik mien Wiehnachtsgeschenken eenfach in 't Internet bestellen kunn. Man Wiehnachten muss denn utfallen: Kieneen van de Paketen is ankomen bi uns! Dat muss doch för wat good wesen, doch ik domaals. Un as Imke dat see, wuss ik denn, waarför. Daarto kwamm, dat ik bi mien Hochtied dummerwies de Naam van mien Ollske annohmen harr. Ok dat stellde sük nu as dübbelt gadelk rut: Uns Biohannel löppt daarum up de Naam ,Meinders', nich up ,Weber', un wi brengen uns Paketen direkt na d' Post, man laten as Retourschiens blot de van de Paketdeensten to. De ollerde Postboden van de gele Post kennen mi noch sülvst. Man disse jung Keerls van de Paketautos finnen uns ok mit hör modern Navis unner ,U. Meinders' un in disse Straat sinooit!"

Ufke fung bi disse Woorden an to lachen. Denn see he: „Dat Internet mag woll nooit vergeten könen, man wenn he di eerst gaar nich kennenlehrt, denn leevst du ok hier, midden in Grootfehn, an 't Endje van d' Welt un nich blot de Lüü an buterste Kant van Ostfreesland daar in 't Rheiderland of an d' Knock."

Un as ik weer up mien Rad steeg, froog he mi noch, of ik nich stünnenwies bi hör in d' Versand arbeiden wull. He gaff mi ok 'n Euro mehr in d' Stünn, denn bruukden se dat nich uttoschrieven. De junge Bewarvers kwammen bi dat Burenhuus ja doch nooit an!

bin im
Garten

> Dat Koffjepulver würr
> dröög blieven. Nett as
> *Sandland,*
> dat up Regen luurt.

Wenn elke Sekünn tellt

Dat Signaal schruck Lisa ut hör Gedanken up. Se leet de Koffjeschepper fallen. Van sülvst. Noch bevör se „Ach, nee! Nich al weer!" ropen kunn. Dee dat Water in de dörsichtig Kast ok bold koken: Dat Koffjepulver würr dröög blieven. Nett as Sandland, dat up Regen luurt. Hannig de Knoop van d' Koffjemaschien weer utsett. Hannig. So as dat alltied gahn muss.

So as se nu ut de Pausenruum floog. Alls blot noch tüsken Hoosten un Snuven. Siet Maanten al. De glendrode Jack grepen. Unnerwegens oversmeten. Rennen un hopen, dat de Kolleeg d'r ok al was. Fell in d' Bulli rin. Man de Kolleeg, Hauke, leet al de Motor an. He sülvst harr de Anroop van d' Leitstee annohmen.

De Sireen van dat Sanitätsauto sprung an, even nadeem dat Blaulücht för 't eerst över dat Plaaster suusde. Van 't Bedrievsgelände of un fell dör de eerste Straten. Se jogen van 't Krankenhuus dwars dör de Stadt. Lisa muss sük besinnen. Muss sük kunzentreren. Ok, wenn hör Bregen weer an 't Brummen was. Nett, as wenn he grillt wurr. So as se dat utdrücken dee. Hauke stüürde, flau un mööi, up en buten gelegen Stadtdeel an.

„Mutten wi över Land?", froog Lisa.

„Jo", see de Mann knapp, de al siet twee Jahr tegen hör an satt. „Heel na Grimersum."

„De Tieden worden nich ruhiger", överleggde Lisa. „Ik harr mi so up de Koffje freit."

„Man is blot noch bi d' Arbeid. Un to Huus kannst man sühnig noch wat eten un musst al weer in d' Fall", antwoordde Hauke un keek nich besünners blied tegen de Frontschiev an.

„Wi hebben uns dat ja so utsöcht", sinneerde Lisa unner hör Mask. „Ik wull al mit dree of veer nix levers, as helpen. Ik bün denn immer fell na mien lüttje Doktor-Kuffer – un later na d' Verbandskast – lopen, wenn mien Fründin sük maal bi 't Spölen besehrt harr … seggt mien Moder. Ik kann mi daar nich recht up besinnen. – Aver wat verwacht uns glieks?"

„'n ollerde Froo. 85. Walter van d' Leitstee meent, se was heel dörnanner west. Kunn bold nich hör Adress angeven. Un se klung 'n bietje, as of se drunken harr, seggt Walter. Un denn was dat Gespreck mit 'nmaal daan west. He hett noch torüggropen, man nüms namm of."

„Denn maak blot hannig", see Lisa un doch daarbi an hör egen Oma. De was ok maal stört.

Un de Beschrieven kunn vööl bedüden. Villicht harr se dat mit d' Kreislauf of Fever, of verkehrt Medikamenten nohmen. An d' Hitz kunn dat nich liggen, ok wenn dat so mooi was, buten. De Sünn scheen, an disse Namiddag Enn April.

Minüten later wassen se d'r. Dat Huus stunn as leste in en lange Landstraat, noch bold 100 Meter van 't Naberhuus of. De Reifens leten de Kies van de Upfahrt bisied stuven, bevör dat Auto hard in d' Brems gung. Lisa wüppde mit hör Kuffer na buten. Hauke kwamm achter hör an rennen. Dat oll Huus lagg heel still. Se klingelde un reet in de Döörklepp. Man dat bleev doodstill. Lisas Hart fung düchtig an to puckern.

„Na d' Achterkant!", reep se un leep wieder.

Man denn wuss hör Wunnern kien Enn. Stevig över dat freje Meedland kiekend, satt daar up en Terrass 'n witthaarig ollerde Minske. Vör sük en Tafel mit dree Teegedecken un en Blömenvaas. Up de Tellers sülvst backt Botterkook un tegenan en dampende Teekann.

„Ik hebb al up Hör wacht", see de Froo sacht. „Ik muss mi reinweg een antüdeln, bevör ik anropen kunn."

„Man dat geiht doch nich an …", wunnerde sük Lisa, wieldes de Froo see: „Mien Jung mag de Botterkook ok so naar geern … man se wohnen nu ja so wied weg!"

Do leet Hauke sien Kuffer sacken un harr blot noch Ogen för dat lecker Wark up d' Tafel.

Se harren blot elv Minüten. Denn pingelde weer dat Telefoon.

„Walter, waar sall 't nu hengahn?", froog Hauke in de lüttje Apparat un sprook na, wat he nett höörde. „Greetsiel? Daar sünd wi heel dicht bi. Wi fahren so tomaal los ... sünd hier nett klaar!"

As de Sanitätsbulli kört daarna mit Blaulücht na dat Havendörp bruusde, see Lisa trankiel: „Kien Woord an nüms, hörst du?"

„Bün ik denn ...?", froog Hauke un meende denn: „Kann wesen, dat de uns nu faker anröppt."

„Un wenn ok? Is dat so slimm?", wull Lisa weten und harr ok gliek de rechte Antwoord parat:

„Wi helpen, waar wi bruukt worden! Daarför sünd wi antreden un daarbi blifft 't!"

Denn fungen beid an to smüüsterlachen.

Un as Togaav een Geschicht van de
Echte Oldersumers
Joke & Harm

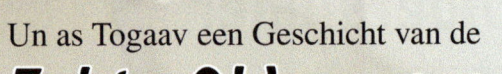

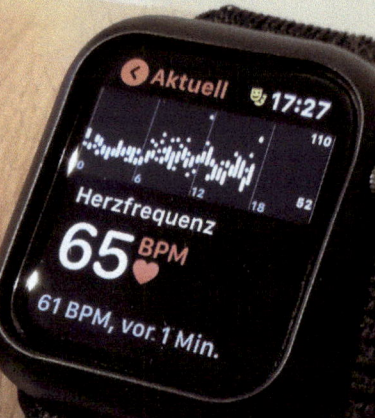

Mien Doktor will mi nu genau
unner d' Luup nehmen un hett
mi up 'n Privaatrezept so 'n
Fitnessuhr
upschreven … !

De Wulf unner d' Schaappelz

D e Arbeid geiht mi vandaag gaar nich recht van Hannen", beklaagde sük de Werftarbeider Joke Bruns – un kneep daarbi vergrellt sien Ogen tosamen. [1]

„Ik hebb al dree Delen verneelt up mien Dreihbank!"

„Nu reeg di man nich so up, Joke! Dat is nich good för dien Hart! Du büst ja ok nich mehr de Jungste! Un solang uns Baas Jens Diedrich daar nix van gewahr word, is dat doch all nettgliek. Hier kummt doch sowieso 'n Bült Material um!", wull hum sien Kolleeg Harm Janßen bedaren.

Man ok he fung bold mit dat Klagen an: „Mi löppt vandaag ok all tegen, Joke! Ik hebb vanvörmiddag al tweemaal de Kabiendöör van

---

[1] Aus der Reihe: „Echte Oldersumer", Bd. 2: „Die diebischen Werftarbeiter Joke & Harm sind nicht zu fassen", S. 74ff.

dat Fährschipp d'r verkehrt um insett. Daar bruukt nu man blot 'n hennig Well komen, denn könen de Passagieren up 't Unnerdeck al up d' Weg na Baltrum mit hör Kneipp-Kur anfangen un de Stewards höven hör Koffje- un Tee-Kannen man blot even an d' Grund hollen, um Water to kriegen!"

Joke Bruns keek verdretelk over de Hallen van de lüttje Oldersumer Werft un was mit sien Gedanken heel waaranners. „Ach, Harm", see he uplest, „ik hebb de Kopp so vull van dat, wat uns hollandske Dokter güstern all an mi seggt hett!"

„Gah d'r doch gaar nich mehr hen, Joke! Wenn du daar eerst mit anfangst, hollst du d' Padd warm na d' Aptheker un 't Geld word di gaar nich mehr kold in dien Knippke!"

„Ja, Harm, dat is dat ja man. Musst di even vörstellen: De Dokter see, ik was woll nich doodskrank, man mit mien Cholesterin, de Fett- un Lever-Weerten un wo de anner Budel all heten deit, gung dat verkehrt Kant an! Daarum will he mi nu genau unner d' Luup nehmen un hett mi up 'n Privaatrezept so 'n heel düür Fitnessuhr upschreven, de ik mi vannamiddag bi d' Aptheek ofhalen sall!"

„Aver Joke, man kann de Bloodweerten van so 'n Hollander doch nich mit uns Oostfresen vergliken! Dat sall wall al nich so slimm wesen, as he dat maakt!", see de tweede Werftarbeider – un was nu doch 'n bietje besörgt.

„Nee, Harm, mit de Sludderee is dat nu daan un de Eteree un Drinkeree will he mi ok noch heel dörnannerjagen! Nettso as bi de ‚Ernährungs-Docs' daar in d' Kiekkast. Mien Martha sitt daar ja alltied vör. Wenn ik dat al seh, denn word mi heel flau un ik kunn so up Stee 'n Lock in dat Boot hauen, waar de hör Spreekstünn ofhollen. – Man ik stah mit disse mall Fitnessband nu ok de hele Dagen unner Kuntroll; un d' Dokter mutt hum denn blot anner Week even an sien olle Computeree ansluten un sücht denn genau, to welke Stünn ik rumlopen bün of rumluddert hebb! Un dat bi Dag un Nacht!"

Harm kreeg hierup Krüsen vör d' Bregen, ehrdat he see: „Man, Joke, du weetst doch, wat wi övermörgen vörhebben! Daar mutten wi 'n heel Sett ansitten un luren!"

Joke nickkoppde. Daarbi wullen de beid Werftarbeiders gaar nich up d' Jaggt. Vöölmehr harren se dat – wat bold elk un een in Oldersum wuss – leep mit de Klaueree up 't Levend, ok wenn de Polizei hör daarbi nooit wat nawiesen kunn. Un so wullen se bi de Gelegenheid ok in twee Dagen 'n gode Rummel Baumateriaal för 'n lüttje Sömmerhuuske stehlen.

„Man", see Joke Bruns na 'n Sett, „wenn du mi mörgen even 'n Endje Gummiband mit na d' Werft brengen deist, dann kunn uns dat villicht beid helpen!"

Een Week vergung. En Week, waarin dat neje Fitnessarmband dat good to doon kreeg, man ok 'n Week, waarin dat Baumateriaal verswinnen dee. Nettakkraat as Joke Bruns hierna na d' Dokter muss, um sien Fitnessband utlesen to laten, klingel dat an sien Döör. Daarachter verwachtde hum al Kriminaalkommissar Wiard Christophers ut Emden un de fung gliek van dat stohlen Baumateriaal an! Man de Werftarbeider, de nu würrelk kien Tied mehr harr, leep eenfach to – un Christophers van Nood mit sien Fragen un mit sien Vörsmieteree d'r achteran. Eerst as se bi Dokter Boersma in d' Praxis kwammen, wurr dat mit 'n Maal leep ruhig mit de Frageree un uplest kunn Joke Bruns weer as 'n freei Mann na Huus gahn.

***

Anner Mörgen harren Joke un Harm daarum gehörig wat to lachen in hör Frühstückspaus.

„Well harr dat wall docht, dat uns 'n simpel Gummilitz so ut de Twickmöhlen helpen dee!", see Joke Bruns un bekeek daarbi sien nakend Handgelenk. „Un de düvelste Fitnessband bün ik ok weer quietworden!"

„Man wo büst du ok wall up de Idee komen, Joke?", wunnerde sük Harm. „Dat wi dat Fitnessband an de Gummiband binden kunnen un de weer um de Liev van de Schäferhund van jo Nabers …, de nettakkraat in Urlaub sünd."

„Ja, Harm, so kreeg mien Fitnessband de hele Dagen good Utloop un wi harren uns Ruh! Un 's Avends, wenn de neeisgierige Hund mööi was, hett he sük henhauen, nett as 'n Minske! Daar kunn ok Kommissar Christophers nix mehr to seggen. Denn de Dokter hett hum heel düdelk up d' Computer-Bildschirm de Kurven wesen un seggt, dat he kien Twiefel harr, dat ik Dönnerdagnamiddag an 't Kanaal rumrennt was, wieldes irgendwell dat Bauholt klaut harr, dat nu mooi bi dien Unkel in d' Schuppen an 't Drögen is!", freide sük Joke Bruns.

„Un wat word nu mit dien Gesundheid, Joke?", wull Harm noch weten.

„Dokter hett seggt, he harr sük wall versehn: Unner mien Fell harr ik ja wall noch 'n Hart as 'n Wulf! Un 'n bietje minner Krüden un Koffje, denn leep 't weer!"

„Mien Opa see ja ok al immer: Dat eenzigst, wat hier löppt, is mien Nöös", see hierup Harm Janßen. „Un de is mit sien Piepke un all sien Genever doch staffold worden. De wuss gaar noch nich, wat Sport of Fitness överhoopt is! De gung na d' Arbeid un daarmit was dat daan."

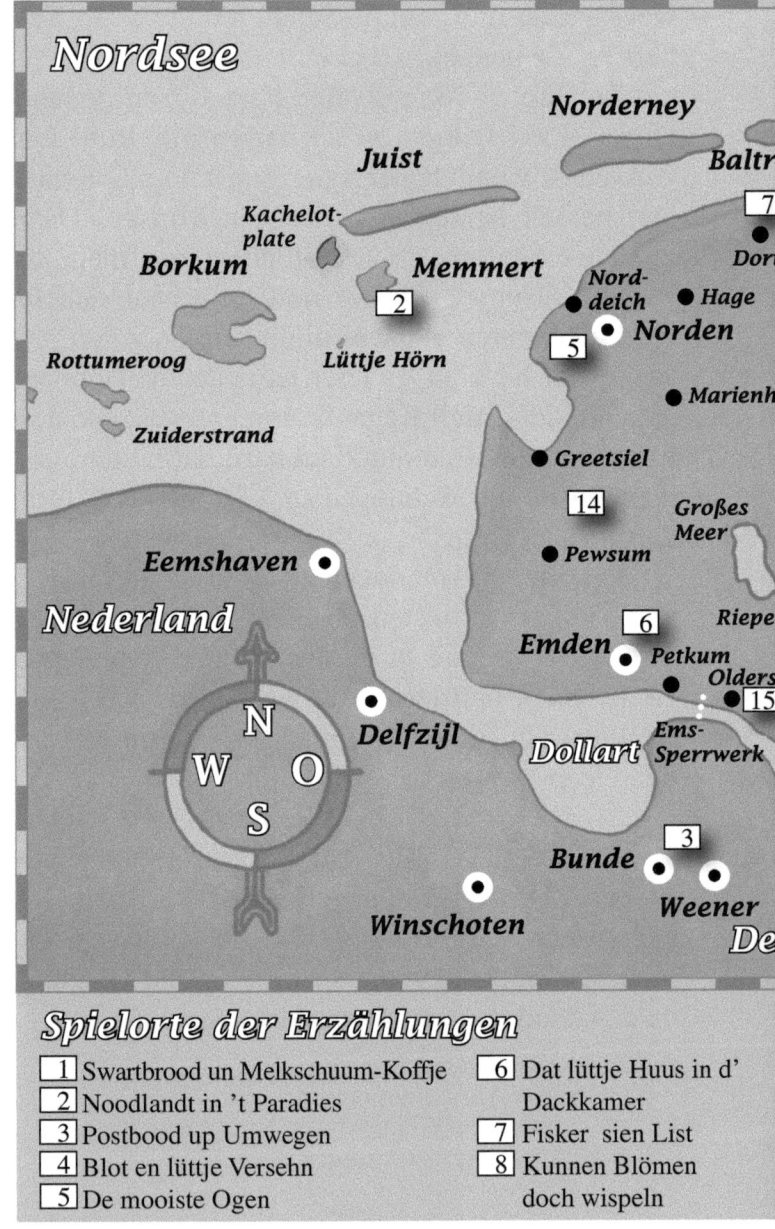

Nordsee

Norderney

Juist

Baltr

Kachelot-
plate

Borkum

Memmert

Dor

2

Nord-
deich

Hage

Rottumeroog

Lüttje Hörn

5

Norden

Zuiderstrand

Marienh

Greetsiel

14

Großes
Meer

Pewsum

Eemshaven

Nederland

Riepe

Emden

6

Petkum

Olders

15

Delfzijl

Dollart

Ems-
Sperrwerk

N

W   O

S

Bunde

3

Winschoten

Weener

De

Spielorte der Erzählungen

1 Swartbrood un Melkschuum-Koffje

2 Noodlandt in 't Paradies

3 Postbood up Umwegen

4 Blot en lüttje Versehn

5 De mooiste Ogen

6 Dat lüttje Huus in d'
Dackkamer

7 Fisker sien List

8 Kunnen Blömen
doch wispeln

106

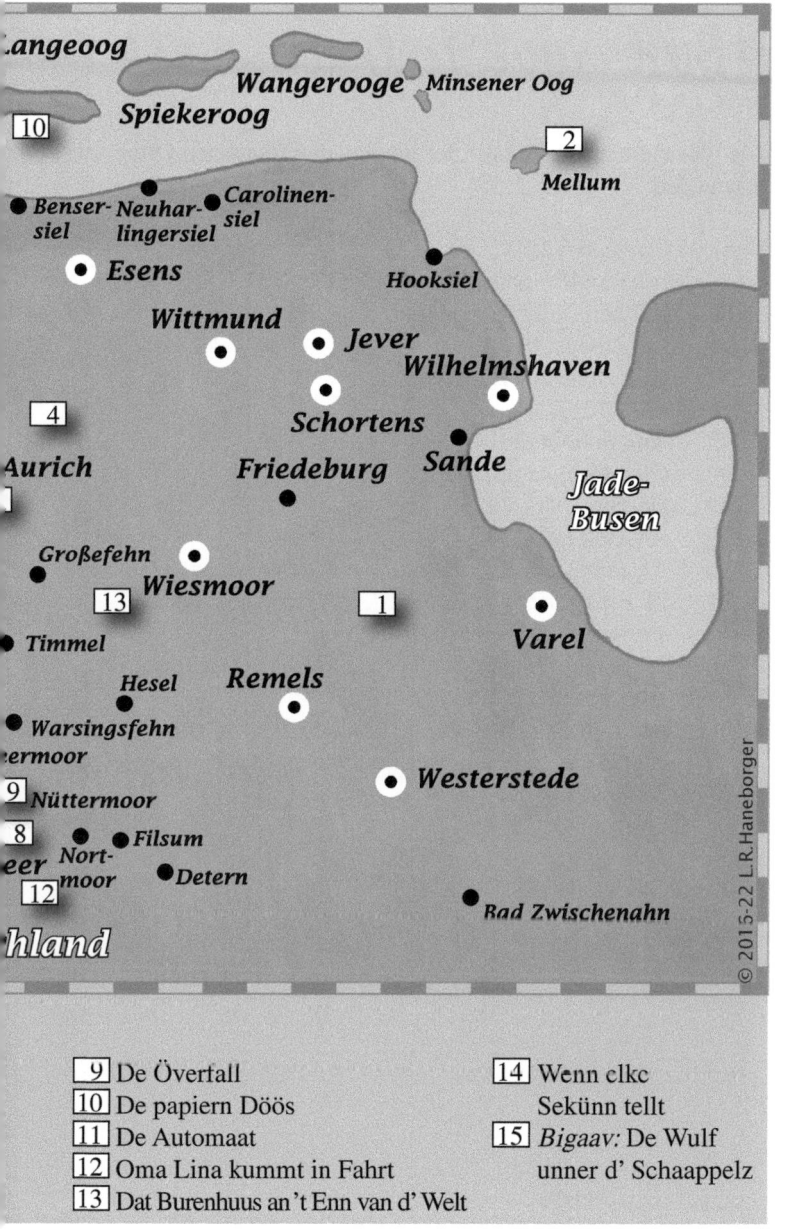

✵ Bild- und Textnachweise ✵

Die illustrierenden Symbolfotos sind an den folgenden Orten entstanden:

Titel: Langeoog, 2019;
S. 6: Auswandererhaus, Bremerhaven, 2020;
S. 14: Kaffeerösterei Baum, Leer, Reportagefoto, 2017;
S. 20: Langeoog, 2019;
S. 26: Großefehn 2021;
S. 32: Juist, 2017;
S. 38: Krummhörn, 2014;
S. 44: Gut Stiekelkamp, 2021;
S. 50: Dornumersiel, 2021;
S. 56: Altstadt, Leer, 2019;
S. 62: Altstadt, Leer, Reportagefoto zu Dreharbeiten der ZDF-Krimiserie „Friesland", 2017, mit den Schauspielern (v.l.) Felix Vörtler, Sophie Dal, Theresa Underberg, Maxim Mehmet und Holger Stockhaus;
S. 68: Wangerooge, 2013;
S. 74: Bronzefiguren der Bremer Stadtmusikanten von Gerhard Marcks am Bremer Rathaus, 2019;
S. 80: Kurhaus Dangast, 2014;
S. 88: Gandersum, 2014;
S. 94: Osterburg, Groothusen, 2013;
S.100: Großefehn, 2021.

(Alle Fotos: Haneborger).

Entstehungzeit und Erstdruck der Kurzgeschichten:

Swartbrood un Melkschuum-Koffje, 2020, zuerst in:
  Ostfriesland Magazin 06/2021, S. 98f.;
Noodlandt in 't Paradies, 2021, Erstveröffentlichung;
Postbood up Umwegen, 2020, zuerst in: Ostfriesland
  Magazin 02/2022, S. 102f.;
Blot en lüttje Versehn, 2019, zuerst erschienen in:
  Ostfriesland Magazin 01/2020, S. 86f.;
De mooiste Ogen, 2020, zuerst in: Ostfriesland Magazin
  02/2021, S. 102f.;
Dat lüttje Huus in d' Dackkamer, 2018, zuerst in: Ostfries-
  land Magazin 10/2018, S. 120f.;
Fisker sien List, 2021, zuerst in: Ostfriesland Magazin
  10/2021, S. 118f.;
Kunnen Blömen doch wispeln, 2021, Erstveröffentlichung;
De Överfall, 2021, Erstveröffentlichung;
De papiern Döös, 2021, Erstveröffentlichung;
De Automaat, 2021, Erstveröffentlichung;
Oma Lina kummt in Fahrt, 2021, Erstveröffentlichung;
Dat Burenhuus an 't Enn van d' Welt, 2021-22, Erst-
  veröffentlichung;
Wenn elke Sekünn tellt, 2021, Erstveröffentlichung;
De Wulf unner d' Schaappelz, 2017, zuerst unter dem Titel
  „Der Wolf im Lammkostüm" in: Lübbert R. Haneborger:
  Echte Oldersumer II. Die diebischen Werftarbeiter
  Joke & Harm sind nicht zu fassen. Norderstedt:
  Books on Demand 2018, S. 74-81.

„Wir sind nicht wortkarg, ...

Ahoi! Käpt'n Kultur!

© 2021ff. L.R. Haneborger

sondern die Erfinder der energiesparenden Kommunikation!"

Denn wir quatschen keine Opern!
Mit „Ho", „Hm", „So", „Jo" und „Nee"
können wir Ostfriesen fast alles sagen.

Eine Kulturinitiative der

edition Küsten Kompass
#Geschichte(n) zwischen Land & Meer

Der Autor

Lübbert R. Haneborger, Jahrgang 1970, wuchs im ostfriesischen Binnenland auf und studierte Germanistik, Kunst und Soziologie an der Carl von Ossietzky Universität in Oldenburg. Ende 2004 folgte am dortigen kulturhistorischen Institut seine Forschungsarbeit zur Bildform des Berner Hyperrealisten Franz Gertsch, betitelt „Aus nächster Ferne".

Neben seiner freien Tätigkeit als Kultur-Journalist für das Ostfriesland Magazin ist er auch als Sachbuch- und Krimiautor für Erwachsene und Kinder bekannt geworden – etwa mit dem Band „Das Schlosspark-Geheimnis" (für kleine Hobbydetektive), ausgezeichnet mit dem Deutschen Gartenbuchpreis 2014 oder der Broschur „Theodor Fontane in Ostfriesland. Lütetsburg – Norderney – Emden", 2020.

Gemeinsam mit Silke Arends ist er Herausgeber und Autor einer Reihe von ostfriesischen Krimianthologien, deren achter Band, „13 Mythen – 13 Verbrechen", 2019 erschien.

Mit den Krimikomödien (in Hoch- und Plattdeutsch) um die „Echten Oldersumer" zeigt sich der Autor und Buchgestalter seit 2012 außerdem von seiner komödiantischen Seite.

Daneben engagiert sich der Autor in vielfältiger Weise für das kulturelle Leben im Nordwesten.

Impressum

Lübbert R. Haneborger: Noodlandt in 't Paradies.
Lüttje Vertellsels up Platt ut dat Oostfreesland van
vandaag – Plattdeutsche Kurzgeschichten aus dem
Ostfriesland von heute.

Bibliografische Information der Deutschen
Nationalbibliothek:
Die Deutsche Nationalbibliothek verzeichnet diese
Publikation in der Deutschen Nationalbibliografie;
detaillierte bibliografische Daten sind im Internet
über www.dnb.de abrufbar.

© Copyright: 2022 Dr. Lübbert R. Haneborger
für die edition Küsten-Kompass –
Geschichte und Geschichten
zwischen Land & Meer,
Ed. KuK 002
Lektorat: Inge Straatmann
Layout, Fotos und EBV:
Lübbert R. Haneborger
Autorenfoto: Anja Reuter
Grundschrift: Times
Herstellung und Verlag:
BoD – Books on Demand,
Norderstedt / Printed in Germany
2. Auflage 2022
ISBN 978-3-755-76732-9

Hinweis: Dieses Buch enthält frei erfundene Geschichten. Ähnlichkeiten mit Personen und Gegebenheiten wären rein zufällig – und sind nicht beabsichtigt. Auch die Fotografien dieses Bandes sind lediglich als Symbolbilder zu verstehen und stehen nicht wirklich mit den Erzählungen oder realen Gegebenheiten in Verbindung.

Mein herzlicher Dank gilt Holger Bloem, Wiebke Hayenga-Meyer, Anna Sophie Pijl und Silke Arends, den Machern und Herausgebern des „Ostfriesland Magazins" und des „Ostfreeslandkalenders", für die Veröffentlichung meiner plattdeutschen Erzählungen. Und insbesondere der frühere Mitarbeiter Stefan Hellmich hatte mit seiner Bitte, „noch ein paar Geschichten für den Pool" zu schreiben, großen Anteil an der Idee zu dieser Veröffentlichung.

edition Küsten Kompass
#Geschichte(n) zwischen Land & Meer

LÜBBERT R. HANEBORGER

THEODOR FONTANE IN OSTFRIESLAND

LÜTETSBURG – NORDERNEY – EMDEN

Mit Theodor Fontane reiste in den Jahren 1880, 1882 und '83 einer der bedeutendsten Schriftsteller des 19. Jahrhundertes an die ostfriesische Nordseeküste. Doch was zog den Berliner Dichter, Theaterkritiker und Journalisten geradewegs nach Schloss Lütetsburg bei Norden? Was hatten ein Pistolenduell und eine skandalöse Baronesse damit zu tun? Und warum nahm er in seinem Koffer Sand vom Norderneyer Strand mit nach Hause? Das sind nur einige der Fragen, die diese kurzweilige Broschüre anhand der täglichen Briefe und Karten an seine Frau Emilie beantwortet. Denn es gibt viel zu erzählen über all das, was Fontane – als einer der ersten preußischen Touristen – im Land der Ostfriesen erlebte ...

Lübbert R. Haneborger:
Theodor Fontane in
Ostfriesland. Lütetsburg –
Norderney – Emden.
2020, Broschur, DIN A5,
Paperback, 48 Seiten,
mit zahlreichen farbigen
Abbildungen.

Exklusiv erhältlich
im Parkshop von
Schloss Lütetsburg,
Landstraße 39,
26524 Lütetsburg,
(auch auf Bestellung
unter Telefon:
04931/4254 oder der
E-Mail-Adresse:
info@rentamt-
luetetsburg.de)
für 5,90 Euro
(plus Versand).

edition Küsten Kompass
#Geschichte(n) zwischen Land & Meer

SCHLOSS LÜTETSBURG
OSTFRIESLAND